U0531567

十宗罪 6

蜘蛛◎著

中华工商联合出版社　博集天卷

图书在版编目（CIP）数据

十宗罪：6 / 蜘蛛著 . —北京：中华工商联合出版社，2018.1
 ISBN 978-7-5158-2177-1

Ⅰ．①十… Ⅱ．①蜘… Ⅲ．①长篇小说—中国—当代 Ⅳ．① I247.5

中国版本图书馆 CIP 数据核字（2017）第 331274 号

十宗罪：6

作　　者：	蜘　蛛
责任编辑：	邵桄炜　李　健
责任审读：	李　征
封面设计：	末末美书
版式设计：	李　洁
责任印制：	迈致红
出版发行：	中华工商联合出版社有限责任公司
印　　刷：	三河市中晟雅豪印务有限公司
版　　次：	2018 年 1 月第 1 版
印　　次：	2018 年 1 月第 1 次印刷
开　　本：	787mm×1092mm　1/16
字　　数：	195 千字
印　　张：	18
书　　号：	ISBN 978-7-5158-2177-1
定　　价：	45.00 元

服务热线：010-58301130
销售热线：010-58302813
地址邮编：北京市西城区西环广场 A 座
　　　　　19—20 层，100044
http://www.chgslcbs.cn
E-mail: cicap1202@sina.com（营销中心）

工商联版图书
版权所有　侵权必究

凡本社图书出现印装质量问题，请与印务部联系。

十宗罪 6

目录
Contents

第一卷　雨夜"蜈蚣"

第一章 衣锦还乡 | 003

第二章 加祥往事 | 009

第三章 社会蓝姐 | 019

第四章 校园卧底 | 027

第五章 犯罪实验 | 031

第六章 鱼线穿人 | 037

第七章 鬼影再现 | 044

第八章 半夜梦游 | 050

第九章 街头尾行 | 055

第十章 强吻狂魔 | 062

第十一章 燃烧的伞 | 067

第十二章 暴力欺凌 | 074

第十三章 皮肉生涯 | 080

第十四章 女子监狱 | 084

第十五章 非法囚禁 | 092

目录 Contents

第二卷 大盗无形

第十六章 绝密档案 | 105

第十七章 比武大赛 | 112

第十八章 名师高徒 | 119

第十九章 贼王传说 | 126

第二十章 小偷披风 | 133

第二十一章 赌场大战 | 140

第二十二章 越狱高人 | 146

第二十三章 三个和尚 | 154

第二十四章 侠盗燕子 | 162

第二十五章 窃钩者诛 | 169

第二十六章 小偷之村 | 175

第二十七章 雌雄大盗 | 183

第二十八章 盗亦有道 | 191

第二十九章 步步生莲 | 199

目录
Contents

第三卷　地狱崇拜

第三十章 富豪警察 | 209

第三十一章 脑残粉丝 | 216

第三十二章 "三和大神" | 222

第三十三章 发廊女神 | 229

第三十四章 键盘大侠 | 235

第三十五章 绑架明星 | 242

第三十六章 职业杀手 | 250

第三十七章 黑暗巢穴 | 257

第三十八章 恶魔新娘 | 263

第三十九章 黑白婚纱 | 270

第四十章 片尾彩蛋 | 278

第一卷
雨夜"蜈蚣"

用痛苦换来的欢乐。

——罗曼·罗兰

　　山东省济宁市加祥县一中路口,白天熙熙攘攘,夜晚冷冷清清。
　　有一天夜里,路口的监控探头拍下了一段特别诡异的录像。当时,下着雨,视频显示时间是凌晨三点钟,街上寂静空旷,路灯下的水洼溅起雨花,五个穿雨衣的人以一种奇特的姿势进入画面。领头的人扛着一根鱼竿，后面的四人居然跪在地上爬行，姿势奇特，步调缓慢，几乎一致。夜晚的监控录像如同黑白老电影，透着一种说不出的诡异。四个爬行的人像是恐怖片中才会出现的情景。

更为奇怪的是，通过仔细观察，可以隐隐约约看到，领头的人鱼竿向后，鱼线竟然穿入了身后第一个人的嘴巴，鱼线从雨衣的下摆穿出来，再次穿入后者的嘴巴，夜色中辨认不清，他们的身体之间似乎有一根线连接着，那根线将他们穿了起来。

几个人跪在地上爬，组合成一只巨大的人体"蜈蚣"，渐渐地消失在雨夜中。

第一章 衣锦还乡

你们有两个任务：
　　1. 侦破各自负责的案子；
　　2. 找到特案组新成员。

特案组办公室，清晨，阳光明媚，大楼前的红旗飘扬。

白景玉严肃地说道："下面，我要宣布一条重要的消息。"

画龙、包斩、苏眉三人一头雾水，心里忐忑，隐约觉得有什么大事即将发生。

白景玉说："咱们特案组要加入一位新的成员。"

画龙心直口快，说道："我们干得好好的，为啥给我们加个人进来，这人是谁啊？"

白景玉说："这个新人由你们三人分头去寻找。"

苏眉说："我才不去找呢，我对新人肯定有抵触心理。"

包斩说："我们上哪儿找啊？"

白景玉说："你们三人，每人负责一起案子，在侦破过程中寻找和发现适合特案组的人选，每人推荐一位优秀的警察。"

梁教授说："我会进行最后的考核，最终选出一位出类拔萃者加入咱们特案组。"

白景玉表示，为了培养和发现后备人才，经过与梁教授商议，决定增加一名特案组成员。这一次，不同于往常，以前，特案组都是团队办案，现在需要画龙、包斩、苏眉三人独自侦破案件。白景玉特意从近期全国各地发生的特大变态案件中挑选了三起，分别交给三人负责。

包斩负责侦破山东"人体蜈蚣"案。

苏眉分配到的是一起绑架案，涉及一个家喻户晓的明星。

画龙的案卷资料放在一个特殊金属制造的密码箱里，白景玉要求他用手铐将自己的手腕与箱子铐在一起。他还特意叮嘱画龙，案卷为绝密文件，会由军方人士负责将画龙送到案发地，只有副厅级领导才有权限阅读卷宗。

苏眉说："梁叔，这次你不参加了吗，你这老头儿不管我们了啊？"

梁教授说："你们几个也该锻炼下独立办案的能力了，我还有一些其他的事情要做。"

画龙说："什么事啊，很重要吗？"

白景玉说："我给老梁放了个假，他想回去抱抱孙女，陪陪老伴，修剪下花园里的草坪，这些事难道不重要吗？唉，我们亏欠老梁太多了，他假期的时候谁也不许给他打电话。"

包斩说："梁教授，您放心吧，我保证完成任务，您也要保重身体。"

梁教授说："你们有两个任务：一、侦破各自负责的案子；二、找到特案组新成员。"

包斩看了一遍山东"人体蜈蚣"案的监控录像，很显然，嫌犯逼迫一个女孩吞下鱼线，排泄出来后，再次逼迫另一名女孩吞下鱼线……如此重复，就用一根鱼线把四名女孩穿在了一起。案发地就是他出生与成长的小县城，他的童年和少年就是在那里度过的，加祥一中是他的高中母校。

白景玉让助理拿来一个礼盒，里面装着一身高档西装。

白景玉说:"小包,试试合不合身。"

包斩说:"我穿西装不太习惯,我还是喜欢身上这件旧警服。"

画龙说:"你要不穿,就给我吧。"

苏眉说:"老大,你偏心,我都没有礼物。"

梁教授说:"小包,听话,毕竟是回老家嘛。"

白景玉正色说道:"包斩同志,有一架直升机在南苑机场等你,我要你衣锦还乡!"

那一年,包斩还在山东省济宁市加祥县包家铺子乡派出所实习,梁教授一声令下,将他调到北京加入特案组,这改变了他的命运。

一架H410警用直升机从北京南苑机场起飞,飞行速度每小时二百九十六公里,很快抵达山东地界,再途经德州、济南、曲阜,就到了济宁市。一路上,包斩感慨万千,近乡情更怯,尤其是看到这几年家乡变了模样,他更是激动,他在空中俯览大地,辨认着凯赛大桥、万达广场、太白路。

直升机缓缓地降落在济宁市加祥县机场。

加祥县近百名公安干警列阵迎接包斩,案情重大,性质恶劣,"人体蜈蚣"最新案情进展显示,四名高中女生失踪,至今下落不明,警方非常重视此案。包斩享誉中国警界,既无愧为包公后裔,又是齐鲁大地的骄傲!他回到自己的家乡协助侦破,当地公安干警热烈欢迎。

包斩在誓师大会上表达了必破此案的决心,他举起右拳,带领公安干警宣誓道：

　　国旗在上，警察的一言一行，决不玷污金色的盾牌。

　　宪法在上，警察的一思一念，决不触犯法律的尊严。

　　人民在上，警察的一生一世，决不辜负人民的期望。

　　我面对中华人民共和国国旗和国徽宣誓：

　　为了国家的昌盛，为了人民的安宁，中国警察，与各种犯罪活动进行永无休止的斗争，直至流尽最后一滴血。为了神圣的使命，为了牺牲的战友，我能做一名警察，我能站在这里，是我一生的荣耀！

　　寒暄过后已是黄昏，县公安局在加祥大酒店举行了欢迎晚宴。

　　山东素有"孔孟之乡、礼仪之邦"的美誉，山东人好喝酒，酒桌上的规矩和礼节也非常多。入座时，脸正对门口的是主陪，对面的即是副陪。这两人酒量必须要好，起码能喝一斤以上白酒，他们负责劝酒和招待客人。酒席上最为尊贵的客人要坐在主陪右手边。

　　包斩一番谦让，还是坐了主宾的位置。

　　县公安局郝局长主陪，包斩老家村里的包支书坐了副陪，入座的还有加祥一中的陈校长、包斩实习时的派出所杜所长，以及县委的一些领导和县电视台的女主持人。

　　山东人喝酒颇有梁山好汉之遗风，如今虽然不用大碗喝酒了，但小酒盅也是不用的。济宁地区流行的是三两三的高脚玻璃杯，一斤白酒正好倒满三杯。重大场合，无论男女，第一杯酒是必须要喝的，不喝即是不尊重。

　　第一杯酒，郝局长先是来个开场白，举杯说道："今天，咱们是家宴，不谈案子，不谈工作，在座的都是家乡父老，我们对包斩致以热烈欢迎，欢迎回家。"

一番客套后，开始敬酒，喝酒规矩一般分六次干杯。

包斩酒量不好，硬着头皮应酬，酒令如军令，这时候谦虚推让根本没有什么作用，山东人的喝酒方式就是必须要让尊贵的客人喝醉。

包斩吃了几口菜，其他人纷纷劝酒，劝酒的方式一般非常直白："你要瞧得起俺，你就喝了。"包斩年龄最小，每次碰杯都要低下一点，这也代表酒桌上对长辈的礼貌。几杯落肚，醉眼蒙眬，郝局长看出包斩有些醉意，不能再喝了，叫来服务员下了碗菠菜鸡蛋面。

山东风俗，出门的饺子回家的面。

送家人朋友出门远行的时候，要吃饺子，寓意路上平安再次团圆。家人朋友从外地回来的时候，要吃面条，面条类似绳子的意思，把那颗牵绊流浪的心收回来，不要忘记这里就是自己的家。

包斩吃了几口面，说要上个厕所，踉跄着走出门，抬头看到那璀璨星空，恍惚之间，多少往事涌上心头，只觉得天旋地转，醉倒在地。

第二章 加祥往事

这些年吃过的苦，受过的罪，
走过的艰辛无比的路，
历经的风风雨雨，全部化作泪水。

第二天，包斩醒来，头痛欲裂，竟然不知道自己身在何处。打量半天，才发现自己回到了包家村，正躺在自家老屋的床上。

昨天，村支书喝多了，竟然和郝局长较上了劲，郝局长表示已经在酒店安排了房间，可以让酩酊大醉的包斩好好休息。

包支书说："小包子为啥要住酒店，这是到哪里了，他到家了，让他回家住！"

窗外的母鸡咕咕叫着，树影婆娑，老屋已经很久没有住人了，虽然经过一番仓促的打扫，屋里依旧有着沉闷的气息，被褥都是新的，应该是包支书从家抱来的，其他的东西是那么陈旧，老箱子、老柜子、老式的椅子，一切都保持着离家时的模样。

老屋，是往事的一部分。

如果一个人能回到小时候的家，会有时光穿越的感觉，看到墙上贴着的旧挂历，桌上的语文课本摊开的那一页是《少年闰土》，老式电视机还放在原来的位置，当年爱穿的旧衣服挂在门后，那扇门，多年前的自己曾经进进出出，他觉得有些恍恍惚惚，新鲜而又茫然，陌生而又熟悉。

包斩就是在这里出生，在这里长大的。

他从小父母双亡，从来没有见过父母的样子，从来没有过对家庭的任何记忆。

　　石榴小院的旧时光，伴随回忆漫上心头。这些年，父亲和叔叔种下的那株石榴树长得枝繁叶茂。此时虽是夏季，包斩对这株树印象深刻的却是一年冬天，大雪飞过小村，石榴树孤零零的，他也孤零零地站在落雪的院子里，他和树都沉默不语。

　　包斩从很小的时候就一个人洗衣做饭，一个人读书写字，一个人入睡。尽管有本族近亲的照顾，但是总感觉孤单，似乎整个世界都抛弃了他。

　　这个孩子过早地体会了生活的苦难，这使得他无比坚强。

　　墙角放着一辆三轮童车，幼年的包斩时常骑在上面，一个人在院里玩耍，仰望天空，盯着那飞过的鸟儿、飘落的黄叶，如今童车早已生锈，看上去令人心酸。

　　当年玩耍的地方如今已长满青苔。

　　包斩已经习惯了繁华而淡漠的城市生活，回到家乡，立即感受到了浓浓的人情味儿。

　　村里所有的本族近亲听说包斩回来了，纷纷前来看望，整个村属于一个家族，屋里很快挤满了亲戚。一个个嘘寒问暖，没有客套，只有真诚。

　　一个朴实的中年妇女说："小包，知道你忙，抽空到家吃饭吧，嫂给你炸酥肉，你小时候可喜欢吃了。"

　　包斩喊了一声二嫂，然后连声答应。

　　两个儿时玩伴上前让烟，包斩表示不会抽。当年一起捉泥鳅的小孩现在成了而立之年的汉子，憨憨地笑，脸上有了生活磨砺的痕迹，包斩辨认了很久才惊喜地喊出他们的名字。

一个满头银发的老太太和一个拄着拐杖的驼背老头儿走进屋子，众人纷纷让开，老头儿是包家村的老族长。

包斩上前叫了一声四爷爷，四奶奶。

包斩有些木讷，对于人际交往感到恐惧，他本来就是个内向的男人。面对热情的亲戚，他手足无措，只是拿出准备好的礼物分给长辈，四奶奶抱着包斩的头，老泪纵横，一个劲地说包斩从小是个苦孩子，受过不少罪。四爷爷絮絮叨叨地说着什么，这个老人口齿不清，包斩只听到几个字：上林，烧纸。

院子里传来汽车喇叭的声音，公安局派了一辆警车来接包斩，包斩如获大赦，趁机从乡亲们的包围中逃了出来。

开车的警察名叫孙大越，办案期间负责给包斩当司机。大越虽然是公务员，但是三十好几了还没结婚，他家里有个瘫痪在床的老娘，卧病多年，为了给老母亲看病，家里已是一贫如洗，还欠了不少钱，他又是个孝子，不愿意把母亲送到福利院，所以都没有姑娘愿意嫁给他。

随行的还有县电视台的女记者和摄影师，他们打算对"人体蜈蚣"案做一个追踪报道。

车驶出村子，开向乡村公路，路两边是笔直的白杨树，每一片叶子在阳光下都绿得耀眼，树上传来阵阵蝉声，微风轻轻吹过周围金黄色的麦田，牧羊老头儿靠在树下的草地上休息，远处，一辆收割机在地里割麦。

包斩想起四爷爷说的话，路过一个小镇的时候他买了些祭奠用品，香、冥币、火纸，还有一瓶酒。他凭着记忆找到父母的坟地，跪下磕了几个头，然后痛哭了一场。

这些年吃过的苦，受过的罪，走过的艰辛无比的路，历经的风风雨雨，全部化作泪水。

女记者名叫张蕾，在车上对包斩进行了简单的采访。

女记者张蕾说："那个监控视频，我也看了，有点像电影里的赶尸，您相信赶尸吗？"

包斩说："当然不相信，尸体是不会走路或爬行的。"

女记者张蕾说："假如前面那个扛着鱼竿的人是犯罪嫌疑人，跟在后面爬行的是四位受害者，他们为什么不跑呢？"

包斩说："他们很可能跑不了。"

孙大越说："现在，疑犯还没落网，案情需要保密，这些，你们电视台不要报道啊。"

女记者张蕾说："放心吧，我只是好奇，随便问问，咱们县城出了这么大的案子，大家都很关心，等到破案后，这些才会播出。"

孙大越说："让小包休息一下吧，他昨晚喝醉了，估计现在还头疼呢，你留我个电话，有什么事问我也行。"

女记者张蕾说："好，你给我提供一些爆料，我请你吃饭。咱们接下来去哪儿，回公安局吗？"

包斩说："我们去找一个目击者。"

那段监控视频中，五个人排成一队，缓慢地前行，最前面的那人穿着雨衣，中等身材，肩上还扛着一根钓鱼竿，身后的四个人也穿着雨衣，如同蜈蚣一样在地上爬，姿势缓慢而奇特，一行人就这样经过了县一中的路口，当时下着雨，监控镜头被雨水打湿，拍摄到的画面有点模糊。

视频显示的时间是凌晨三点，街上空无一人。

包斩想到了一个人，此人叫老杨，在路口开着一家早点铺子，每天三点钟就起床做生意，他很可能目击了当时的情景。

每个学校门口都有一条小吃街，街道往往杂乱无章，一下雨就污水横流，饺子馆挨着包子铺，沙县小吃旁边是兰州拉面，麻辣烫的香味和臭豆腐的臭味一起弥漫，铁板鱿鱼发出的哧哧声混合着鸡排放入油锅的呲呲声。烤肠的机器还在转动，铲子刚刚翻起煎饼馃子，奶茶店里贴满了纸片，上面写着学生的留言。

毫不夸张地说，学校门口聚集着一个人一生中最难忘最美味的小吃。

因为，毕业后就再也吃不到了。

因为，这些都包含着青春的记忆。

加祥一中毕业的学生应该不会忘记当地特色的小吃：糁汤。

糁汤，以山东省济宁市为起源，流行于齐鲁大地的京杭大运河沿岸，说是名吃，外地人其实并不知道。其汤为牛骨头或者羊骨头熬制而成，配以香料、葱、姜，需大火烧煮几个小时，把汤熬成乳白色。碗里打碎一个鸡蛋，浇上滚烫的大骨汤冲开，放上薄薄的熟肉片，再撒上香菜，淋上香油，色香味一应俱全。

这种骨头汤，哺育了勤劳善良、朴实强壮的鲁西南儿女。

老杨糁汤最早就是一个简陋得不能再简陋的木头棚子，属于违章建筑。棚子上方原先挂着一块招牌，早已被烟火熏得难以辨认原来的颜色，有一年，冬季的大风卷走了半边牌子，现今只剩下"老杨"二字。

后来，老杨租了个小店，店门前有一口大锅，放着几个破旧的木头方桌，小马扎散落一地，老杨是这条小吃街上起得最早的人，每天三点就要起床熬骨头汤。

十年前，这种汤如果不加肉的话卖一块钱一碗，十年后，老杨还卖一块钱。

十年来，房租涨了几十倍，肉价涨了几倍，老杨的糁汤从未涨价。

有人问老杨："为什么不涨价，是不是傻？"

老杨回答："涨啥价，来我这里吃早饭的都是些出苦力的人，都是些穷学生，你说涨啥价？"

无论春夏秋冬，老杨每天凌晨三点就起床生炉子煮汤。多年前，老杨还是小杨，最早在这里吃饭的是一群出苦力的人，他们在东关火车站干装卸、在建筑工地上打工，还有赶着马车、驴车远途拉货的贩子，吆喝着驴马停好车辆。这群人根本不用和老杨说话，他们只要往小桌前一坐，老杨就端上一碗热乎乎的糁汤，如果天飘着雪花，北风呼啸，喝完这碗糁汤就会大汗淋漓，浑身充满了力气。然后上路，奔向他们的生活。

除了卖汤，老杨还做油饼。这种饼叫壮馍，非常压饿，吃一个饱一天。

油饼要卷上大葱和咸菜，咸菜是老杨媳妇儿腌制的，店里有个大缸，里面腌了满满一缸萝卜条和酱黄瓜，这些都是他家菜地里种的，免费提供。

老杨对钱财看得很淡，他的糁汤店只卖一上午，过了中午他就关门下棋去了。

那一年高考的时候，老杨做出了一个重大的决定：所有参加高考的学生到店吃饭一律免费，每人一份油饼一碗糁汤。

高考的两天时间，老杨的店里挤满了吃饭的莘莘学子，老杨的善举缓解了高考的巨大压力。学生向老杨致谢，老杨说："孩子，别管考上了北大还是清华，以后多回家看看。"

老杨媳妇儿在旁边嘟嘟囔囔抱怨："这两天免费吃喝，赔了多少钱，拼种（傻瓜）。"

老杨向媳妇儿吼一声："滚熊蛋，别颠憨（别不听话），一边子去，你落落嘛也（你添什么乱）。"

久而久之，这成了小店的传统习惯，多年以来，每当高考的时候，老杨的店里就会学生云集。据说，在高考这天喝了老杨的糁汤，能比平时超常发挥，取得更好的成绩，所以很多家长图个吉利，也来替学生们排队。

有一年，城管要没收老杨的桌椅，不准他在门前摆摊，还动手打了老杨。

这下可算是捅了马蜂窝，加祥一中毕业的学生几乎每一个都念及老杨的旧日恩情，有的已经官居要职，市委省委均有人过问此事，城管队长迫于压力，亲自到老杨店门前鞠躬道歉。

警车在老杨店门前停住，包斩下车，和老杨笑呵呵地打了个招呼。

包斩高中时曾在老杨的店里当过学徒，兼职打工，所以和老杨非常熟悉，不必客套。

老杨说："小包子啊，听说你当了大侦探啦，我忙完再陪你说话，你先坐会儿，都没吃饭呢吧？"

包斩说："吃饭不着急，我先给你帮帮忙。"他熟练地系上围裙，拿起擀面杖开始擀饼，挑起来放在鏊子上，刷上点油，翻个儿，很快就把最后几个油饼烙好了。

店里客人渐渐地散去，老杨给每人端来一碗糁汤、一张饼。

包斩也不客气，拿起饼，抹上辣酱，这种辣酱非常辣，是山东本地一种叫作"望天猴"的朝天椒腌制而成，然后卷上咸菜丝，夹了一棵小葱，咬了一大口，接着又喝了一口汤，赞道："这顿饭可比昨天那顿大酒席好吃多了。"

老杨问："是味儿不？"

包斩说："真是味儿，还是以前那个味儿。"

吃完饭，孙大越怯怯地问老杨："你这儿能开发票吗，没有票不能报销。"大越是基层民警，工资并不多，为了给老娘省下医药费，他平时特别抠门，对于这顿饭，他有些犹豫该不该抢着付账。

老杨说："俺这小店哪有发票，小包子是俺学徒，在这里吃饭还用花钱？"

吃完之后，包斩开始谈论正事，询问老杨在案发当天有没有看到什么异常情况。

老杨仔细想了一下，说道："那天下雨，我确实看见几个穿雨衣的人，是男是女看不清，不过，他们是走着从我门前经过，不是爬着，你说得也太吓人了，哪有在大街上爬着的？"

包斩若有所思，对大越说道："看来，是到了路口的时候，那四个人才跪下爬行的。"

孙大越说："这么做的动机是什么呢？"

女记者张蕾说："凌晨三点，他们从老杨门前走过，那几个人为什么不呼救呢？"

包斩说："如果呼救，反而有生命危险。到了路口再爬行，有可能是故意要让监控拍下来。"

第三章 社会蓝姐

我们重点关注一下四位女孩的人际关系，
包括家庭、社会、学校关系，
这些都是案情突破的关键。

县公安局召开了百人会议，郝局长亲自主持，各部门的负责人都到会参加。

会议上，包斩被推举为专案组总指挥，郝局长为副手。

加祥一中有四名女孩失踪，经过计算机技术甄别，以及家属辨认，她们的体貌特征与视频中出现的四个穿雨衣爬行的人相吻合。目前已经初步确定了四位受害者的身份，她们都是加祥一中高三（16）班的学生。

县一中的陈校长也应邀到会，他介绍了一下高三的班级情况，学校有三个复读班、五个尖子班、十一个普通班。十六班也叫"放牛班"，基本上是其他班淘汰下来的差生，对于高考没有任何希望，把这些差生统一安排到一个班级，主要是为了不影响其他学习成绩好的学生。

陈校长说："这个班级里有七十三个人，不少是顽劣少男和不良少女。据班主任说，这个班里同学的成绩都非常差，前段时间摸底考试，数学没有一个人能考十分以上的。学校的态度是，他们只要不闹事，不出大乱子，我们也就放心了。小包在这学校毕业的，应该也了解这些情况。"

包斩说："我当年因为太穷，高三复读了两年，打工赚钱攒学费，陈校长对我非常照顾，我到今天还非常感激。放牛班，全国大多数高中学校都有，我们也不予置评，接下来，我们重点关注一下四位女孩的人际关系，包括家庭、社会、学校关系，这些都是案情突破的关键。"

会议室的大屏幕显示器上放出了四名女孩的照片，她们分别是社会姐、宋蔷薇、徐梦梦、大扎妹。

社会姐，姓颜，名叫宝蓝，关系亲密的朋友都喊她宝蓝姐，但是学校里更多的人喊她社会姐，她是一中鼎鼎有名的不良少女。抽烟，打架，文身，穿一条烂洞牛仔裤、一件宽松的三叶草卫衣，短发，染了个奶奶灰颜色，口红鲜艳，与一头白毛形成对比。社会姐满口脏话，时常做出嗤之以鼻的神情，什么都瞧不起，提到某某人她会鄙视地说："他有什么牛×的，我哥上回说他，他都不敢吭声。"她哥是社会哥，县城里有名的小混混，所以她叫社会姐。她还有几句口头禅，例如，吓唬学妹的时候说："我这一拳下去你可能会死啊。"姐妹遇到麻烦找她寻求帮助，社会姐不屑一顾，吐出一句话："慌什么。"

社会姐高三上学期打过一个男生，当时，她拿着凳子腿满操场追着一个血头血脸的男生打，这一战使她成名。从此，社会姐身后都跟着一群人，而且还有很多男生也巴结她。只要跟她认识了，那个人就会在学校显得特别跩。

社会姐的QQ签名写着：我是双性恋，暴力倾向，毁灭倾向，不开玩笑。

宋蔷薇，社会姐最要好的朋友，一个极其虚荣的女孩。她的微信名叫"狐狸未成精"，喜欢玩弄男生的感情，隔几天换一个男朋友。她的家庭条件并不好，爸爸在路口修自行车，妈妈是环卫女工，她和同学在路上见到妈妈会假装不认识。

她告诉同学，她妈妈在移动公司上班。

同学都不忍心揭穿她，都看到了她妈穿着黄马甲，拿个竹夹子夹地上的烟头，脚上还穿着宋蔷薇穿过的旧鞋子。

宋蔷薇家里穷，但是经常装有钱人。这个虚荣的女孩刚吃完泡面，就从网上偷了美食图片，小心翼翼地截图去掉水印，然后发布在微博和微信上，往往还要配上一句话，诸如"要减肥好讨厌"之类的。

如果有机会坐在车上——出租车除外，她会选择一个合适的角度拍一张照片，让人误以为是她在开车，发图时还要说希望别堵车之类模棱两可的话。

去年，宋蔷薇的妈妈得了乳腺癌，她时常和社会姐抱怨："你说我妈咋还没死？"她在微信朋友圈里写道："我想父母早点死，跟我想扔掉家里的一袋垃圾那感觉是一样的。小猫小狗小鱼小鸟甚至小仓鼠小刺猬都能把我萌化，偏偏憎恨我妈。我讨厌一切节日，尤其是春节，讨厌别人眼中喜庆的红色，讨厌流行歌曲，讨厌韩星，讨厌一切国内歌星影星电视明星，不顺眼，讨厌一切长辈和晚辈，尤其讨厌我妈。"

徐梦梦，四个女生里长得最漂亮，齐刘海，长发，爱穿一件白色裙子。她并没有什么劣迹，只是学习成绩特别差。她其实是一位个性懦弱的女孩，常常说："啊，好气啊。"徐梦梦家在潍坊，她是这四人里唯一的寄宿生。徐梦梦算是社会姐的一个小跟班，常常帮她跑腿、买东西、传话之类的。

徐梦梦特别爱脸红，这并不是因为害羞，而是与生俱来，医生说是肾上腺素分泌过多。她跟个男的说话会脸红，被老师提问会脸红，上讲台会脸红，干什么都会脸红，无缘无故就脸红……

徐梦梦说："我根本不想脸红啊，我真的没有害羞，我可是老司机啊。"

大扎妹说："你看，梦梦又脸红了。"徐梦梦本来没有脸红，但是听到这句话立刻就脸红了。

大扎妹真名叫卢婷，长得有点像少女版的贾玲，一张大脸胖嘟嘟的，笑起来还有俩酒窝，她胸大，屁股也大，这是因为她胖。她不爱打扮，一年四季穿蓝白相间的校服，有时候也会涂抹劣质防晒霜，一出汗脸上就油腻腻、白花花的。她爱笑，嗓门粗大，笑声充满魔性，震耳欲聋。大扎妹常常卖萌，自称"本宝宝"，她和社会姐关系一般，但是和徐梦梦是要好的闺密，所以四人常常在一起。

大扎妹每天睡醒都在微信里问徐梦梦："咱俩是不是第一好啊？"

徐梦梦就说："是是是，你个幼稚鬼。"

大扎妹说："我是小公举，我是小仙女。"

徐梦梦说："谁还不是公举咋的。"

四个高中女生被一根鱼线穿了起来，被人牵着，爬在凌晨三点的街道上。

四个女孩排成一列，最前面的女孩是社会姐，身后依次是宋蔷薇、徐梦梦、大扎妹。

郝局长说："这个叫社会姐的女孩就是颜宝蓝，她性格比较刚烈，究竟是怎么屈服的我们不得而知。反正她被逼无奈，把一根鱼线吃到肚子里，又拉了出来，嫌犯把那根鱼线拽长一些，肯定很疼，又逼迫宋蔷薇吃下去，再拉，再吃，第三个吃完第四个……这种变态的作案手法我从警这么多年还是第一次遇到。"

重案队的黄队长说："四个女孩失踪十几天了，接下来，我们是寻人还是寻尸？"

包斩说："现在只能先假设四名女生还活着，虽然希望不大。她们现在估计凶多吉少。"

郝局长说："还有作案动机是什么？"

黄队长说："绑架，报复，谋财，或者制造一起轰动社会的大案子。"

郝局长说："嫌犯从体貌特征上来看，是男是女？"

黄队长说："夜里，下着雨，那人又穿着雨衣，根本看不清。"

包斩说："周边的监控视频都没有拍摄到其他画面，这说明，嫌犯熟悉地形，就是土生土长的本地人，事先做过详细的地形勘察。"

郝局长说："从地形上来看，其实是很容易规避监控探头的。"

案发地点周边是老城区，街道错综复杂，街灯昏暗且疏远，县城开发的脚步还没有到达这里。西关和北关都已经拆迁，变成了商业住宅小区。一中位于东关，周围有一些胡同和小巷，居民区全是平房，临街的商业店铺是二层小楼，都那么破败老旧。在这片老城区的后面有一座不大不小的山，叫萌山。山上没有监控，上山的路四通八达，从古城街的一个巷子里可以上山，从迎风路可以上山，从县一中的后门和侧门都可以上山。

警方推测，嫌犯从山上牵着四名女孩下山，绕过一中路口，从某个小巷里再次上山，巧妙地避开了其他的监控探头。

黄队长说:"萌山不大,要不要抽调警力大规模搜山?"

郝局长说:"这个法子很笨,浪费警力,估计最后啥也找不着。"

黄队长说:"我们前期也调查过四名女孩的电话通信记录,没有发现什么异常情况。"

包斩说:"微信、QQ、微博,包括四名女孩手机上的其他交友软件都看看,网络信息也要逐一排查。"

郝局长说:"这有点难度,比方说,调看微信记录需要复杂的手续,目前我们也没有找到失踪者的手机。"

包斩想,如果苏眉在的话,这些应该都是小菜一碟,不知道她办案是否顺利,还有,画龙大哥负责侦办的是什么案子,那么神秘,他们有没有找到合适的特案组新成员……

包斩出了一会儿神,继续说道:"监控视频里出现了雨衣、鱼竿、鱼线,我们目前的侦破重点应该放在作案工具上面。咱们县城里的渔具店、卖雨衣的地方都要摸排,我看了好多遍视频,他们穿的雨衣其实是一种车衣,所以销售电动车的店铺也要寻访一下,说不定会发现更多的线索。"

郝局长说:"关于渔具的牌子和型号我们前期做了一些调查,发现县城里没有,也许是从济宁市购买的。所以,范围也要扩大到周边县市。"

一位老刑警说:"我喜欢钓鱼,这种鱼竿是一种海竿,价格比较昂贵,至于鱼线,可能是海钓的那种鱼线,非常结实、坚韧,能钓起鲨鱼,拽也拽不断,用牙齿咬也咬不断。"

郝局长说:"既然你认识这种鱼竿,你就尽快买一根,我们研究一下。"

包斩说:"我们不能守株待兔,还是要主动出击。"

老刑警说:"怎么出击?"

包斩说:"我有个办法,需要老校长配合一下。"

陈校长说:"我当然愿意配合咱们公安,只要能够尽快破案。"

包斩说:"我要找一个最不像警察的警察!"

包斩认为,四名女孩的社会关系较为简单,她们的失踪肯定和校内人员有关,当然也不能排除校内外人员相互勾结作案的可能。如果派遣一名警察到校园卧底侦查,也许会有意外收获!

包斩再次强调,要找一名最不像警察的警察卧底校园。

会议室里的公安干警交头接耳,议论纷纷,有的觉得这种侦查方式非常大胆,匪夷所思,有的认为这是一步好棋,能够打破案情毫无进展的局面,会议现场乱成一片。

郝局长说:"大家静一静,谁想报名举手,我看一看……怎么,还有个人在睡觉?"

会议室后排的角落里坐着个女孩,齐刘海,扎着双马尾,穿着白T恤和一件蓝色百褶裙,她把书包放在面前挡着自己,然后趴在桌上睡觉。身边的人用胳膊碰了碰她,她抬起头,睡眼惺忪,一脸迷茫,眼角还挂着眼屎。

郝局长说:"这是谁家的孩子,怎么能带孩子来开会?胡闹!"

黄队长介绍道:"这个小女孩是市局派来的法医,姓尤,名字叫若黎,市局的人都喊她小若黎,刚刚参加工作,因为目前没有发现尸体,所以她也没什么具体工作任务。"

小若黎看到大家都盯着她,怯怯地问旁边的人:"是不是散会了啊?"

包斩说:"就是你了!"

第四章 校园卧底

包斩让小若黎调整心态,
忘掉自己是一名法医,
要求小若黎暗中调查四名失踪女孩的情况。

包斩本来想找一名年纪大点的警察，假扮成老师在学校展开侦查，却意外地发现了法医小若黎是最佳的人选，可以扮成学生。她长相清纯又可爱，年龄显小，穿上校服简直就是一名高中女生。对于小若黎来说，刚刚毕业又要重返校园，并且还是要做一名卧底，这简直就是一件天大的事情，让她不知所措。她害怕接受，又不敢拒绝。

包斩说："案情紧急，刻不容缓，今天就得给你办理入学手续，你没什么问题吧？"

小若黎说："这个……我得问一下我妈。"

小若黎的爸爸妈妈、爷爷奶奶全部都是法医，她可以说是来自法医世家。小若黎给妈妈打了个电话，妈妈深知任务的重要性，法医也是警察，协助破案，义不容辞，只是有些担心小若黎的安全问题。包斩一再表示不会有任何危险，会加强学校的安保力度。

小若黎的妈妈说："那行，孩子就交给你了，如果出点什么差错，你要负责。"

包斩说："放心吧，阿姨，有什么事我会随时给您打电话。"

包斩让小若黎调整心态，忘掉自己是一名法医，要求小若黎暗中调查四名失踪女孩的情况，尤其要重点查找四名失踪女孩与哪些同学发生过矛盾。不知道为何，包斩心中猜测，四名女孩失踪可能是与校园暴力事件有关，这没有任何证据，仅仅是一种直觉上的猜测。

小若黎感觉很神奇，她睡了一觉，醒来就回到了高中。

包斩又做了一些保密工作，除了陈校长，学校里没有人知道小若黎的真实身份。为了更加真实可信，包斩做通了老杨的工作，让小若黎称呼老杨为表舅，假扮成亲戚，每天都在老杨的糁汤店里与公安局的侦查员汇报暗访进展情况。

小若黎被安插进高三（16）班，坐在教室的最后面，她的同桌是一个叫作王小手的男同学。

小若黎成了王小手的新同桌，两人都没打招呼，也没做自我介绍，而是默默地坐着。

包斩叮嘱过小若黎，要格外注意这个叫王小手的同学，他曾经有过性骚扰的前科。小若黎把自己的书摆到课桌上，高中教室，每个学生的桌上都有一摞书。一本书掉在地上，王小手帮忙捡了起来，小若黎的脸上挤出一个笑容，说："谢谢啊，王小手。"

王小手说："你怎么知道我名字？"

王小手心里有点感动，初次见面对方就记住了他的名字，肯定对自己很有好感。王小手觉得自己应该认真对待这份感情，他克制住内心的冲动，正襟危坐，表现出一副很严肃的样子。

班主任叫杨永信，也是十六班的语文老师，站在讲台上板着脸不说话。

四名失踪女孩的家属认为学校有责任，集体到学校门口抗议，到县政府上访。校长被迫做出了一些处理，学校的训导主任被停职，班主任杨永信扣发全年奖金。

班主任杨永信觉得自己是替罪羊，一直窝着火，终于爆发了，他骂了学生们整整一节课。

教室后面的黑板报上画了些花花草草，写着："争分夺秒，今朝恰同学少年风华正茂；惜时如金，明日当鲲鹏展翅扶摇万里。"黑板报的正中间用醒目的美术字体写着："距离高考还有30天。"

班里四名女孩失踪，公安局曾经来班里做过调查，并且设置了一个举报箱，就挂在黑板报的旁边，如果谁发现了可疑情况就可以匿名写字条投进去，只有校长才有权限打开举报箱。

小若黎从窗户里悄悄看到，王小手鬼鬼祟祟地把一封信塞到了举报箱里。

第五章 犯罪实验

这封举报信很快就到了包斩手中，
在老杨糁汤店里，
包斩要求小若黎继续监视王小手。

王小手的举报信是用左手写的，这是为了防止别人辨认出他的笔迹，举报信写在《五年高考三年模拟》教辅书撕下来的两页纸上，看起来他有一定的反侦查意识。

然而举报信的内容却让人哭笑不得，他在举报信里诉说了自己的苦恼，全文如下：

"警察叔叔，你好，不知道你们能不能看到我的信，我好像得了心理疾病。

"我现在正处于青春期，可能是我想象力太丰富了，不管是什么，我都能想象到和女性有关的性上面，我也知道这样不好，我很苦恼，不知道该找谁诉说，帮帮我吧，我很怕我自己犯罪。

"另外，我想说，社会姐她们失踪的事情，如果提供消息，会有赏金吗？

"还有，我想问问，花钱找小姐被警察抓住的话，会判刑吗？还是拘留、通知家长、罚钱？我不太懂这些，想了解一下。"

这封举报信很快就到了包斩手中，在老杨糁汤店里，包斩要求小若黎继续监视王小手。

小若黎说："这个男生好坏啊，写的什么乱七八糟的，好多看不懂。"

包斩说："他可能知道点什么内幕消息，你要尽快打听出来。"

孙大越说："你们是同桌，这还不容易吗？"

小若黎说："我不敢和他说话，这个人怪怪的，对了，他还送了我一瓶可乐，我不敢喝。"

小若黎从书包里拿出那瓶可乐，包斩仔细观察了一下，瓶口密封，没有拧开的迹象，王小手应该没有在可乐里下药，包斩把可乐倒掉，瓶子上显示出用记号笔写下的几个字：我喜欢你。

孙大越嘿嘿笑着说："这坏小子挺会来事啊，他向你表白呢，你打算怎么办？"

小若黎说："我装作不知道好了。"

孙大越说："要不，你就接受吧，假装和他谈恋爱，然后套出他的话。"

小若黎说："不要啊，我还没有谈过恋爱，我又不喜欢他。"

孙大越说："那你也不要拒绝，和他保持暧昧的关系，钓着他。"

小若黎说："我好讨厌他，他脑子有病。"

包斩说："为了破案，总要做出点牺牲，你可以试着和他做朋友。"

四个女孩失踪后，警方与家属第一时间进行了接触。

大扎妹的爸妈心急如焚，几乎天天到公安局打听案情进展，孩子生不见人死不见尸。到了放学时间，他们等在家里，总觉得自己家的胖丫头会像往常那样回家，父母每天都精神恍惚，以泪洗面。

徐梦梦家在外地，家属听闻此事后也赶到了加祥公安局，又哭又闹，无法接受这一事实。

包斩和孙大越对另外两个女孩的家庭进行了走访。宋蔷薇的妈妈是个环卫女工，包斩在街上找到了她，她正用竹夹子把地上的烟头捡起来，絮絮叨叨地抱怨自己命不好，生了个孽子，女儿不孝顺。

宋蔷薇的妈妈絮絮叨叨地说："我家闺女不让我在这一片扫街，嫌丢人，我家穷，没能耐，她毕业后能干啥，好吃懒做，她还想当空姐，做梦！还想开个美发店，我可没钱，她毕业后也就是去工地上当个钢筋工，凭力气吃饭有啥丢人的。她不见了，我一点都不心疼，这下子我倒省心了，清净了。我得了乳腺癌，她盼着我早点死……"

包斩和孙大越走远了，宋蔷薇的妈妈依然在自言自语。

社会姐的爸妈开着个皮革制品店，店门玻璃上的红纸写着：清仓甩卖，低价处理。

包斩和孙大越走进店里，孙大越讨价还价花八十块钱买了一双皮鞋，说是过几天相亲的时候穿。

社会姐的妈妈说："说实在的，你们是警察，还帮着我找孩子，不该收钱，不过我这也是小本生意，留个本吧，这鞋纯牛皮的。我孩子现在怎么样了？别人都说死了，要是死了，学校里是不是得赔钱？不赔钱我可和他们没完。"

孙大越说："现在不方便透露，有消息会通知你们的，买鞋送一双鞋垫吧？"

包斩说："颜宝蓝的哥哥去哪儿了？"

社会姐的哥哥在公安局留有案底，此人外号飞哥，虽然年纪轻轻，但是吃喝嫖赌无恶不作，平时很少在家，一直在外躲避警察。

社会姐的妈妈包庇儿子，她板着脸扭向一边，那意思就是说不知道，别问她。

孙大越的相亲对象是县电视台女记者张蕾，跟拍采访期间，孙大越就暗恋上了这个漂亮的女记者，他不好意思当面表白，就托郝局长说合此事，两人约在肯德基见面聊天。

孙大越经常相亲，每次都失败了。他积累了一些经验，故意约在下午三点，因为这不是吃饭时间，只需点两杯可乐，即使相亲不成，也可以省下一些钱。

张蕾第一次相亲，觉得很新鲜，其实她根本看不上孙大越，但碍于郝局长的情面，不好拒绝。

两个人已经认识，不用多做自我介绍，只是坐在一起气氛有点尴尬。

孙大越说："其实我想说，我是有点配不上你，你这么漂亮，又年轻，我也觉得自己希望不大，所以就是抱着试试的态度。你觉得我怎么样？"

张蕾说："啊，这个……我觉得，你也算器宇轩昂，一表人才吧。你条件还是不错的，公安局上班，待遇不错，也有房有车。"

孙大越说："说实话，车呢是局里的，房子有，和我妈一起住。"

张蕾说："婚后还得和你妈住一起啊？"

孙大越说："是啊，我妈半身不遂，需要人照顾……我想，我未来的媳妇儿只要对我妈好，就行了。"

张蕾开始有些心不在焉，玩弄着手机，半天回了一句："你倒是个孝子。"

孙大越说："唉，我也知道自己为啥相亲不成，哪个女孩愿意嫁给我啊，一结婚就得给婆婆端屎端尿、洗衣做饭，跟小保姆似的，我也不能把我妈扔下不管啊，那个，咱俩能更进一步吗？"

张蕾冷冷地说："这个我要考虑一下，我还有事，咱下回再说吧。"

大越虽节俭抠门，但他却是个正直的人，君子爱财取之有道，他从来没有贪污过一分公款。

包斩说:"大越,你想不想挣两千块钱?"

孙大越说:"怎么挣啊,还有这好事?"

包斩说:"很简单,我找一根鱼线,让你吞下去,再拉出来。"

孙大越说:"就是让我当试验品啊。"

包斩说:"是的,郝局长说,可以给予两千元的补贴。"

孙大越说:"我同意,这活归我了,你可不许给别人。"

包斩说:"放心吧,除了你,估计也没人会干了。"

第六章
鱼线穿人

这种痛苦虽然谈不上致命,
但绝对算得上酷刑。

以往的侦破过程中，包斩多次通过对犯罪行为的模拟与实验来掌握凶犯的心理，从而对侦破起到一些作用。凶手为什么要用鱼线把受害人穿起来，为什么牵着受害人在午夜的街头爬行？

只有疯子最了解疯子。

那位喜欢钓鱼的老刑警从济宁市中区买到了几种鱼线，分别有五百米大力马鱼线、PE 五彩八编路亚线、日本进口原丝海钓防咬线。包斩选用的是海钓线，拉力超强，柔韧性好，别说是人的牙齿咬不断，即使是鲨鱼也难以咬断，这种海钓鱼线可以钓起鲨鱼，甚至拉动汽车。

包斩坐在椅子上，手持钓竿，盯着鱼线出神，似乎这根鱼线的尽头隐藏着什么东西。

包斩说："你准备好了吗？"

大越说："这就开始吧。"

包斩说："你要是不想尝试的话，现在还可以放弃。"

大越说："两千块钱呢！"

孙大越拽出一截鱼线，揉成一团，想都没想就塞到了嘴巴里，鱼线好似一团乱麻，他习惯性地咀嚼了几下，皱着眉，吞咽了好几次才把鱼线一点点吃到肚子里。

包斩说:"你甩甩头,试试。"

大越甩头,说:"胃里有点难受,想吐。"

包斩说:"不要吐啊,你明天还要拉出来呢。"

大越说:"我便秘,估计还得等几天。"

孙大越扛着鱼竿,嘴巴里还有一根鱼线。他就这样回家了,去给瘫痪的老母亲做饭。小区邻居们看到他的样子先是诧异,然后爆发出一阵笑声。大越刚走,小若黎背着书包放学了,恰逢每月一次的大周末,她不上课。为了避免身份暴露,她在卧底期间是不能来公安局的,可是小若黎担心大越的安危,要去看望孙大越。

包斩说:"你去了有什么用?"

小若黎说:"法医最起码也是医生,我去看看大越叔叔有没有事。"

包斩说:"我想,应该没有生命危险的,放心吧。"

小若黎说:"要知道,他是把一根鱼线吞到肚子里……你怎么不试试。"

包斩说:"要是没有人愿意这样做的话,我肯定会做的。"

孙大越的家在县城西边的祥和家园小区,这里都是经济适用房,购房者都是低收入人群。

包斩和小若黎敲响房门时孙大越正在做饭,那根连接到他身体里的鱼线使他无论做什么都有点碍手碍脚,需要时刻小心。大越妈妈坐在轮椅上,热情欢迎包斩和小若黎的到来。大越有点窘迫,屋里的家具老旧,沙发上堆满衣服,显得非常寒酸。

包斩帮忙洗菜，小若黎陪大越妈说话，这个坐在轮椅上的老人让包斩想起梁教授。

大越妈说："我家大越前两天相亲了，后来咋样了，问他也不说。"

小若黎说："那个姐姐我见过，在电视台上班，好漂亮的。"

大越妈说："漂亮姑娘可看不上大越。"

小若黎说："大越叔叔挺帅的啊，也算是一表人才嘛。"

大越妈说："主要是看不上我们这个家。"

小若黎说："总会好起来的。"

大越妈说："除非我死了，我这一身病，哪个姑娘敢嫁过来，要不是我拖累大越，大越也不会三十多了还打光棍，唉……"

大越妈不再说话了，小若黎并不能做些什么，只是安静地陪着。

小若黎还是个孩子的时候，邻居家有个孤苦的老奶奶，刚死了老伴，每天坐在院子里流泪。小若黎每天从幼儿园回来，就坐在老奶奶的膝盖上，陪她一起哭一会儿。

吃饭的时候，孙大越因为嘴巴里有根鱼线，吃得异常难受，每吃一口都会有轻微的恶心，每次吞咽，那根鱼线都要伴随着食物吃下去一截，忍不住就想要呕吐。

一顿饭吃完，大越满头大汗，身体看上去虚弱无力，他瘫在了沙发上。

大越说自己以前抓获过体内藏毒的毒贩子，那些毒贩子的运毒方式比较隐蔽，将毒品装进避孕套，然后吞进肚子里，到了目的地后再排出来。有的毒贩子可以藏毒五百至一千五百克，几百克毒品可以在毒贩子体内停留两三天，其间毒贩子基本不进食。

小若黎详细地讲解了一下鱼线混合着食物穿过体内最终排泄出来的整个过程。

从嘴巴开始，借由牙齿及唾液的帮助，食物被嚼成细小碎块，混合着那团鱼线，刚进入食管就被食管的蠕动推了下去。蠕动是消化道平滑肌的一种运动形式，在交感神经、迷走神经和肠道内神经系统的共同控制下，环行平滑肌从近到远依次收缩，形成一段向前推进的波动。

进入胃部，鱼线食团与胃部的消化液及酶混合，经过规则的翻动与搅拌，食物最后成为浓稠的粥状物，这东西就叫作食糜。鱼线并不会被消化掉，和食糜一起通过胃部末端的狭窄开口——幽门，到达下一个器官——小肠。

然后，鱼线和被消化的食物通过回盲瓣离开小肠进入大肠，回盲瓣可以防止食物回流。

大肠寄居着以大肠杆菌为首的大量细菌，大肠以其特有的"袋状往返运动"对食物残渣进行揉搓，并吸收其中的水分，使之干燥成为粪便。

大肠通过蠕动，将粪便分节推入乙状结肠。

乙状结肠内的粪便积聚到一定程度时，被肠蠕动推进直肠，引起排便反射，让大脑感受到便意。便意引起结直肠的收缩和肛门括约肌的舒张，配合腹肌收缩导致腹内压增高，包裹有鱼线的粪便就会被排出体外。

小若黎说："排泄的时候会特别痛苦，要知道那根鱼线会扯动很多器官，咽喉、食管、胃、幽门、小肠、回盲瓣、大肠、直肠……牵一发而动全身。"

大越说："我现在感受到了，这种痛苦虽然谈不上致命，但绝对算得上酷刑。"

包斩说："目前基本可以确定，犯罪嫌疑人的动机就是为了报复，那几个女生究竟做了什么？"

小若黎说："我打听到一件事，王小手确实很可疑，四个失踪女孩，他追过两个。"

王小手是个令人讨厌的家伙，他爱上网，在贴吧里，在斗鱼、虎牙、B 站的各种弹幕里，他反复说一句话：谁能打出"饕餮"二字我认他为爹。他在网上是个喷子，毫无理由就会骂人。

在班级的微信群里，王小手说："女孩子们不喜欢我，因为我又蠢又懒。"

徐梦梦说："如果你是一只又蠢又懒的狗，女孩肯定会对你爱不释手。"

仅仅因为这一句话，王小手就爱上了徐梦梦，因为在班级群里根本就没有人搭理他。

小若黎打听到，王小手很快就移情别恋了，徐梦梦是班花，王小手自惭形秽，放弃了她，改追宋蔷薇。

王小手请宋蔷薇吃肯德基，王小手去服务台点了可乐、汉堡和鸡翅，两人边吃边聊。

宋蔷薇说："你为什么追我啊？"

王小手说:"那么多人追你,也不差我这一个吧,你给我个机会呗。"
宋蔷薇说:"是不是因为学校里好几个人都说我……很随便,你也听说了吧?"
王小手说:"我并没有说你是个随便的女孩。"
宋蔷薇呵呵一笑:"我喜欢帅哥。"

宋蔷薇吃饱了,用餐巾纸擦擦嘴,拂袖而去。

第七章 鬼影再现

一道闪电划过夜空，
领头的那个人戴着的雨衣帽子掉落了下来，借着闪电的亮光，他看到那个人是个光头。

根据电信部门提供的基站定位，警方锁定四名女孩的手机信号最后出现在萌山人工湖。这片区域位于县城郊区，警方使用了最新的AGPS精度定位，定位的误差不会超过一公里，可以精确到百米之内。

最终，警方从人工湖里打捞出了四名失踪女孩的手机。

警方又调看了人工湖附近路口的监控录像，没有发现可疑人员。

手机进水，全部报废，通过技术检验发现，四个女孩的手机都是在失踪当天被丢进了水里。

郝局长说："犯罪嫌疑人一定勘察过地形，知道怎样躲避监控探头，要知道，每个城市都有天网监控系统，城市的每条街道、每个路口都安装有监控设备。"

包斩说："人工湖位于萌山脚下，犯罪嫌疑人从山上下来，把手机抛弃湖中又从山下返回，没有经过路口。"

郝局长说："四个女孩很可能全部遇害了。"

孙大越说："是啊，估计失踪当天就被杀害了，然后抛弃了她们的手机。"

包斩说："我更倾向于，她们还活着。"

孙大越说："你的理由是什么呢？"

包斩说："你就是最好的证明，嫌犯要让她们生不如死，让她们吃下鱼线的目的就是要折磨她们。"

两天后，孙大越终于体会到了生不如死的滋味！

大越有点便秘，两天后，在一个公共厕所里，他用自己的身体编织而成的一截麻花状物体排泄了出来，鱼线缠绕着大便。

排泄过程异常痛苦，如遭酷刑，无比难受。大越只觉得虚弱无力，双腿颤抖着站起来，眼睛直冒金星，他扶着墙才没有晕倒。

包斩分析得不错，失踪女孩还活着，一中路口的监控视频再一次录下了失踪女孩的身影。

夏天的雨来得非常突然。整整一个白天，艳阳高照，到了黄昏时分，街上一阵飞沙走石，天色立刻昏暗下来，黄蒙蒙的，风中有腥气，有河底淤泥和菜市场的味道。刚才还在胡同里低飞的蜻蜓无影无踪，废弃厂房的屋檐上倒吊着两只蝙蝠，翅膀包裹着身体，很安静，一动不动。接着，轰隆隆的雷声传来，天上似乎有巨石滚过，惊得行人纷纷快走，大雨点砸了下来，一阵噼里啪啦乱响，这场暴雨终于来临了。

雨一直下到半夜，淅淅沥沥地变小了，凌晨三点钟，公安部门监控室的值班人员正在呼呼大睡。值班人员并没有看到，监控画面组成的大屏幕上，位于加祥一中路口的监控显示出诡异的情景。

犯罪嫌疑人和失踪女孩的身影再次出现！

同样的雨夜，同样的地点，同样诡异的爬行，只是这一次少了一名女孩。

徐梦梦是四名女孩中身材最高最瘦的，这一次没有她的身影。另外三名女孩依旧像上次那样，穿着雨衣在地上爬行，走在最前面的还是那个穿雨衣扛着鱼竿的人，鱼线依次穿过三名女孩的身体。

一中路口，凌晨三点就起床熬煮糁汤的老杨再次目击了这几个人，他像是见了鬼似的惊骇万分，傻傻地站着，看着一行人在夜色中走远。他猛地一拍额头，这才想起来报警。老杨并不知道包斩的电话，他拨打了110，因为特别紧张，言语不清，110接线警员询问多次，老杨只是一个劲地要求找包斩，声称有重大案情反映。幸好接线员对"人体蜈蚣"案有所耳闻，也熟知包斩在警界的大名。经过110指挥中心调度，县公安局紧急召集警力，包斩和孙大越从睡梦中被电话惊醒，立刻奔赴现场。

尽管警方在第一时间对周边区域进行了布控，对可能逃逸的路径展开了搜索，然而，从报警到出警已经耽误了不少时间，再加上夜晚能见度低，最终还是错过了抓捕时机，无功而返，警方和犯罪嫌疑人擦肩而过。

老杨惊魂未定，孙大越给他点了根烟，他抽了几口烟才稍微平静下来。

老杨说："唉，都怪我，都怪我，我当时要是追上去就好了，我咋就忘了追了呢！"

包斩说："你追上去也许会有危险呢，你都这么大岁数了，不一定能制服坏人，你再有个三长两短……"

孙大越说："老杨，你也别自责啦，能想到报警就已经很不错了。"

包斩说："是啊，老杨，你冷静地想想，当时还看到了什么？"

老杨盯着一个地方发呆，夹着烟的手一动不动，他突然想到了什么，随即声音颤抖着说道："我看到那个人了，那个人……"

包斩急切地问道:"那个人怎么了?"

老杨说:"那个人是个光头,没错,是个光头。"

老杨回忆,当时下着雨,他从屋里把几块废蜂窝煤搬出来放在门口,看见前面有几个人影,都穿着雨衣。一道闪电划过夜空,领头的那个人戴着的雨衣帽子掉落了下来,借着闪电的亮光,他看到那个人是个光头。

这条线索至关重要!

在此之前,警方连犯罪嫌疑人是男是女都难下结论,现在,案情有了突破,嫌犯十有八九是个男人,毕竟光头女人很罕见。警方初步认定,嫌犯是一个光头男人。

四名女孩只出现了三名,警方不禁为徐梦梦感到担忧,猜测她已经遇害了。

校园卧底的小若黎暗中展开调查,向包斩汇报了两条很有价值的线索:

1. 徐梦梦有梦游的习惯。
2. 徐梦梦曾经被人跟踪。

包斩对小若黎说:"徐梦梦被谁跟踪,什么时候,什么地点,这些你要搞明白。梦游又是怎么回事,是否和此案有关,你也要调查清楚。"

小若黎说:"喂,我现在的身份是学生,又不能光明正大地问别人,只能侧面打听,现在都有同学喊我八婆了。"

包斩说:"你又不用高考,工作还是很轻松的,你写一份详细的调查报告吧。"

孙大越问包斩:"我什么时候可以把这根线取出来?我天天扛着鱼竿跟精神病一样。"

包斩说:"你已经完成使命了,最好去医院取出来。"

孙大越说:"我怎么和医生说呢?难道要说成不小心吃下去的,医生也不信啊,很尴尬的。小若黎你是法医,你帮我想想办法。"

小若黎说:"这根鱼线,要么从上面拽出来,要么从下面扯出来,你要是怕疼,可以全身麻醉。"

孙大越说:"我选择从下面扯出来。如果从上面的话,多恶心啊。"

包斩找来一把厨用剪刀,这种海钓鱼线异常结实坚韧,居然有钢丝包芯,普通的剪刀剪了好几下都没有剪断。好不容易把身体两端的鱼线弄断了,孙大越跑到厕所里,只扯了一下就连声惨叫,额头出汗。他自言自语说:"算了,我还是再受几天罪,让它自然地拉出来吧。"

第八章 半夜梦游

徐梦梦一系列的梦游事件、种种怪异的行为，
让宿舍的三名室友不堪忍受，
不敢和她住在一起。

徐梦梦并不是本地人，平时寄宿在学校。宿舍里一共有四个女孩，两个上下铺的铁床，徐梦梦的床位在右边上铺。这个女孩白天很正常，可是到了夜里，就变成了一个令人感到惊恐的女生。

徐梦梦的三个室友曾经多次受到过惊吓。

室友甲还记得，高二的时候，有一天夜里，她睡得迷迷糊糊的，感觉耳朵痒，醒了后发现床边蹲着一个人。宿舍背阴，白天的光线就已经很暗，晚上熄灯后更是一片漆黑，什么都看不清。室友壮着胆子摸到手机，借着亮光，看到徐梦梦正笑嘻嘻地蹲在床边，手里拿着根塑料吸管，试图插到室友的耳朵眼里。

室友甲说道："你怎么了，你神经病啊？"

还有一次，凌晨几点，室友乙被一阵歌声吵醒，然后叫醒了其他室友。大家发现，徐梦梦穿着白色睡裙，面对墙角梳头，还唱着歌。室友乙喊了一声徐梦梦的名字，徐梦梦缓慢地扭过头，脸上化了个大浓妆，脸白唇红，异常吓人。

室友丙回忆，她也曾被徐梦梦吓得彻夜难眠。那是一个没有月亮也没有星星的夜，刚下过雨，宿舍窗外还刮着风。徐梦梦躺在床上，在黑暗之中，她的手里不停地转动一把黑伞，伞上的雨水打湿了室友丙的脸，她随即惊醒。室友丙意识到，徐梦梦又梦游了，所以才有这种怪异的行为。这一次，每个人都感到后怕，包括徐梦梦自己。

伞上有雨水，说明徐梦梦半夜出去过一次，外面正下着雨。

可是，徐梦梦对此一无所知，她什么都不知道，根本不记得自己半夜打伞出去的事情。

徐梦梦一系列的梦游事件、种种怪异的行为，让宿舍的三名室友不堪忍受，不敢和她住在一起。高三下学期，三个室友联名要求校方把徐梦梦调到别的宿舍。其他宿舍也已满员，校方临时腾出了一个杂物间，作为徐梦梦的宿舍。徐梦梦的单人宿舍成了社会姐和宋蔷薇等人鬼混的地方，四个女孩一起打游戏。

学生时代，很多人都玩过点名游戏。

警方从徐梦梦的点名游戏中得知，她曾经多次被人跟踪。内容摘录如下：

"1. 我的大名：徐梦梦。2. 我的生日：农历八月十二。3. 谁传给我的：大扎。4. 生日想要什么：没想好。5. 相信有一辈子的爱情吗：相信。6. 近期压力最大的事：各种考试。7. 最近开心吗：不。8. 朋友相处最长时间是多久：十几年。9. 身边有势利狗吗：有。10. 现在最想做的事：看薛之谦的演唱会。11. 情人节想做什么：没有情人的情人节。12. 难过时想哭的人懦弱吗：不，想哭就哭。13. 想对自己说：考上大学。14. 你爱的人不爱你怎么办：凉拌。15. 最喜欢的对象类型：成熟大叔。16. 自己经常玩什么：《王者荣耀》中的鲁班、后羿、安琪拉。17. 最想大声地说什么：刚说了，让我考上一个垃圾大学吧。18. 你觉得自己胆大吗：不大不小。19. 孤独患者吗：不知道。20. 你睡觉前会想什么：自己不要再梦游了。21. 最担心的事：被坏人跟踪……"

临近高考，压力巨大，徐梦梦的梦游症状越来越严重了。

大扎妹说："我都从来没有梦游过呢，连噩梦都没做过。"

宋蔷薇说："想做噩梦还不容易吗，我有个办法。"

社会姐说："扯淡，还能控制自己做梦啊？"

宋蔷薇说："重要的事说三遍，真的不是害人，真的不是害人，真的不是害人。你们按照我说的做，晚上就会做噩梦。"

社会姐说："这么神奇啊，什么办法？"

宋蔷薇说："我也是从一个贴吧看来的，我们一起试试吧！"

四个女孩半信半疑，当晚，社会姐什么都没有梦到，宋蔷薇和大扎妹都做了噩梦。

第二天早晨，徐梦梦醒来，发现宿舍的桌子上多了一把刀子。

桌上竖放着一排书，那把刀子就插在一本书的中间。徐梦梦第一感觉是宿舍里闯进了坏人，然而，门窗关得好好的。她又猜想，可能是社会姐或者宋蔷薇带来的刀子，询问后却得到了两人的否认。她们先是分享了自己做的噩梦，然后开始讨论这把刀子。

大扎妹说："你是不是又梦游了啊？"

徐梦梦一脸茫然，说："我不知道啊。"

宋蔷薇说:"这刀是谁的啊,反正我不喜欢刀子,我喜欢甩棍和球棒,打人有气势。"

社会姐说:"这把刀子可能是你梦游时带回来的。"

社会姐拿起刀子仔细端详,这是一把锋利的水果刀,刀身细长,不锈钢材质,崭新锃亮,光可鉴人。社会姐突然把刀子一甩,刀尖插在桌上,刀柄颤抖着。

社会姐说:"上面有血。"

大家凑近观看,刀刃上确实有血,刀身两面都沾有凝固的暗红色血迹。

大扎妹说:"梦梦,你没有受伤吧?"

徐梦梦摇头说:"没有啊。"

宋蔷薇说:"那就是你梦游时杀了人?"

徐梦梦害怕起来,她根本不知道自己梦游时做过什么事情。

社会姐说:"还有一种可能,你梦游时去了一个凶杀现场,你把刀子捡了回来。"

众人面面相觑,只觉得毛骨悚然!

第九章 街头尾行

一种不祥的预感笼罩在警方心头，
一家四口神秘失踪，
会不会是已经遇害身亡了？

徐梦梦和三位女孩商议了一下，她想报警，但是大家都觉得警察根本不会立案，反而会觉得这是一场恶作剧。徐梦梦的梦游行为异于常人，警察很难相信一个女孩会在梦游时带回来一把血匕首，更何况，刀子上的血液也许不是人血，还有可能是猪血或者鸡血。最重要的是，没有确切的证据表明何时何地发生过犯罪行为，警察不会出警，也许还会觉得徐梦梦有精神病，建议她去看医生。

然而，这把刀子从何而来？

四个女孩商议的结果就是把刀子丢弃。其他三个女孩很快忘记了此事，只有徐梦梦陷入忧虑之中，心里隐隐约约感觉会有什么不测发生。

从那天开始，徐梦梦精神恍惚，开始觉得有人在跟踪她。

她每天下午放学后都去校门口的小吃街买东西，不止一次，她感觉有个人在背后看着她，那人站在一棵树下或者躲在一根电线杆后面，偷偷地盯着她看。她回头，却只看到周围人潮涌动，没有什么异常。

徐梦梦曾经打电话含蓄地对妈妈说，自己被人跟踪还拍了照片。

可惜，这件事并没有引起妈妈的重视，妈妈以为这是中学生之间的恶作剧。

那些照片是一个陌生人发来的，那人加了徐梦梦的微信，并没有说什么话，而是发了一大堆照片，随后就删除并拉黑了徐梦梦。那些照片看上去都是普通的生活照，全部都是偷拍的。徐梦梦仔细看，每一张照片中都有一个共同的人——她自己。

　　大多数照片中都只是拍到了她的背影，有她在校门口买奶茶的照片，有她和同学说笑的照片，有乘坐公交车的照片，种种生活细节都被人偷拍了下来，就好像这个神秘的人无时无刻不在她的身边。最为恐怖的是，最后几张照片是在她的宿舍内拍摄的，她中午有午睡的习惯，那几张照片有她的睡姿，甚至有她的面部特写，由此可见，当时拍摄者距离她非常近，也许只有一步之遥，但是，她对此却浑然不知。

　　徐梦梦把这一系列诡异的事件全部告诉了大扎妹，大扎妹随后告诉了同桌，同桌又告诉了朋友，从而使得小若黎能够从侧面打听到。

　　包斩查看了学校以及周边街道的监控录像，根据她梦游的时间和行走路线，很快就勾勒出了这些诡异事件的整个过程，带血刀子和神秘的跟踪拍摄者也都真相大白。

　　很多人都有过梦游行为，有的人会在梦游中从事比较复杂的活动，例如出门上街、拿取器物、躲避车辆或障碍物，甚至进行一些危险活动，如开车、翻窗等等。新闻也报道过梦游杀人的事件。

　　因为高考的压力，徐梦梦的梦游行为达到了顶点。

　　那天她醒来，发现自己并没有躺在宿舍的床上，而是站在午夜的大街，她穿着校服上衣，里面是一件白裙子，怀里还抱着书本，街上空无一人，路灯昏黄，风卷起地上的塑料袋。

　　当时是半夜十二点四十分左右。

　　监控显示，徐梦梦在十二点左右离开了学校。

午夜时分，她从宿舍的床上坐起来，穿上裙子，再套上一件校服外套，拿着书本，她也许在潜意识里觉得到了上课时间，应该去教室了。教学楼外的监控录像也证明，她走进了空无一人的教学楼，在黑暗的教室里独自坐着，可能发了一会儿呆，随即离开了学校。校门是一道伸缩门，门卫在睡觉，没有看见她翻过伸缩门走上了大街。

梦游的她，走到一个路口，居然还知道等待红灯。

这个女孩站在路口，四下观看，不知道何去何从，这时，她做出了一个怪异的动作，向前伸出一只手，好像有个隐形人拉着她的手，她像中邪一样往前走，一只手前伸，身体僵硬，似乎还有点不情愿。就这样，她莫名其妙地走进了一个小区。小区叫祥城华府，属于县城里比较高档的商业住宅区，电梯里安装有监控。

徐梦梦随手按了十六楼，披头散发地站在电梯里，还对着电梯监控诡异地笑了一下。

这笑容，令人毛骨悚然。

电梯门开了，她一只手平伸，随即走了出去。这中间有七分钟的空白，警方不知道她这七分钟做了什么，也许她敲响房门走进了一户人家，也许她独自站在电梯口一言不发，七分钟后，楼下出现了她的身影，她没有乘坐电梯而是走楼梯下来的。

她的身影再次出现在一个银行门口的监控画面中，怀中抱着的书本中夹着一把刀子。

徐梦梦乘坐电梯上了十六楼，下来之后，就多了一把刀子。

加祥警方立即展开了调查，祥城华府小区属于刚刚落成的楼盘，入住率不到50%，十六楼是顶楼，只住着一户人家，对门的房子并没有卖出去，无人居住。这户人家有四口人，夫妇二人和两个孩子，哥哥小学五年级，妹妹上幼儿园。

奇怪的是，警方到达这户人家的时候，防盗门敞开着，家中却空无一人。

警方通过物业找到他们的一个亲戚，却联系不上夫妇二人，两人的电话都打不通。

一种不祥的预感笼罩在警方心头，一家四口神秘失踪，会不会是已经遇害身亡了？

包斩对现场进行了仔细的勘察，客厅和卧室都没有明显的打斗痕迹，地板也无血迹，厨房的菜板上有切成两半的火龙果，其中一半还被人咬了一口，刀架上少了一把水果刀。

包斩说："丢失的那把水果刀应该是被徐梦梦拿走了。"

孙大越说："这个女孩梦游时走进这户人家，拿走了一把水果刀？"

包斩说："对，没错，只能这么解释。"

重案队的黄队长说："她是怎么进入这户人家的，敲门进入？还有，门为什么会开着？"

包斩说："我检查了一下防盗门，在门框下面发现了这个东西。"

包斩拿起证物袋里的一个塑料瓶盖，给大家看。

包斩说："这家人出门的时候没有把门关好，因为有个瓶盖卡在了门缝中，徐梦梦走进这户人家的时候，门是开着的。"

重案队黄队长说："刀子上沾的是人血还是火龙果的汁液？"

包斩说："我们找不到那把刀子，还不能轻易地下结论，现在最重要的是找到这户人家，他们去了哪里？"

调查很快就有了新的进展，这户人家开车去旅游，再也没有回来。

警察在日兰高速公路某桥下的河里打捞出一辆车，车内，夫妇二人和两个孩子全部死亡。四人是溺水死亡，并非凶杀，这只是一起交通事故。死者的遗体被家属接回来，安葬入土。

如果不是徐梦梦在梦游时偶然闯进这户人家，带走一把刀子，从而引起警方调查，他们的遗体不知道还要在水中浸泡多久，死者为大，入土为安，冥冥之中也许自有天意。

孙大越说："也许是死人托梦给徐梦梦呢，要不然哪会这么巧。"

重案队黄队长说："死人托梦，你可真够迷信的。"

包斩说："我注意到徐梦梦梦游时的手势，好像有什么东西在牵着她的手往前走。"

重案队黄队长说："梦游本来就是一件很奇怪的事情。"

孙大越说："徐梦梦进入这户人家，不知道开灯没有，她可能在黑暗中摸索着找到沙发坐了一会儿，要不就是在死者夫妇的床上躺了一会儿，然后进入厨房，切开火龙果，咬了一口。至于为什么带走水果刀，可能是那四个死者的鬼魂就在她身边，对她说，你拿着吧，拿着这把刀就是帮我们，我们上不着天下不着地，泡在水里多难受啊，你帮帮我们吧。"

重案队黄队长说："你说得真是挺吓人的。"

那天夜里，徐梦梦带着一把刀子离开了小区，她拐进演武路，这条路白天是一个菜市场，晚上寂寥无人。

警方调看了沿街商铺的监控，画面显示，一个人影穿着一件黑色的戴帽子的运动衣，双手插在牛仔裤兜里，快步走到徐梦梦身后，猛地抱住了她，先是上下其手摸了几下，随后扳过她的身体，捧着她的脸，吻住了她。

徐梦梦没有挣扎，那人亲了她足有十几秒，然后大步流星跑掉了。

这一吻后如梦方醒，徐梦梦站在街头，心中一片茫然。

她不记得刚刚发生的事情，从离开学校到在街头醒来，整个梦游时间长达四十分钟。

那个神秘的跟踪者应该是在徐梦梦离开小区的时候就偷偷地尾随着她。包斩在监控中看到，这个人转身逃跑的时候，帽子倾斜了一下，露出了半张男人的脸，夜晚的监控是黑白的，然而，可以清晰地看到，此人耳朵上面并没有头发，他是一个光头。

第十章 强吻狂魔

这一年来,
 侑子夜间强吻过的女性多达十几人,
 徐梦梦令他印象深刻,难以忘怀。

这条线索引起了警方的高度重视,目击者老杨曾在那个电闪雷鸣的雨夜远远地看到嫌犯就是一个光头,此人会不会就是"人体蜈蚣"案的犯罪嫌疑人?

加祥警方通过排查走访以及调看周边官方和民用监控,很快就锁定了犯罪嫌疑人,此人名叫侑子,只有十六岁,是网吧的一名管理员,平时值夜班。

抓捕他的时候发生了一点意外。

包斩和孙大越两人来到网吧,亮明警察身份后,侑子转身就跑,从二楼厕所窗口跳了下去,警方只在前门布控,疏忽了后窗。网吧后面是一个居民小区,侑子跑进一户人家,藏在床底,他对惊慌失措的房主说:"有人追杀我,我在这里躲一下。"

警察很快追来,房主惊慌失措,指了指床下,几名警察上前把侑子拖了出来。

在把侑子押回公安局的警车上后,孙大越就忍不住开始了讯问。

孙大越说:"你老实交代,你把那四个女孩藏哪儿去了,她们都还活着吗?"

侑子还没有从被捕的惊恐中缓过神来,他摇头表示不知道。

这个光头少年在审讯中一股脑交代了自己夜间猥亵女性的犯罪经过,

除了徐梦梦之外，他声称自己从未见过其他三名失踪女孩，网吧的监控也证实了，两次案发时他都在值班，不具备作案时间，"人体蜈蚣"案与此人无关。

调查结果令人沮丧，案情好不容易出现了一点曙光，然而再次陷入僵局。

侑子只是一个夜间在街头猥亵女性的变态少年。

大概从去年开始，县城里出现了一个变态，常常尾随单身女性，此人就是侑子。

侑子初中辍学之后整日泡在网吧，痴迷《英雄联盟》，他常常通宵上网，网吧老板和他混熟了，就让他做了网管。

后来，游戏玩腻了，侑子开始沉迷于色情片，正处在青春期的他受此影响开始犯罪。他透过网吧的玻璃门可以看到街上的单身女孩。有一次，一个妖艳女子从网吧门前路过，他按捺不住心中的欲火，穿个连帽衫罩住自己的头，就追了出去，一路尾随，趁着夜色的掩护，他在一个小巷子里强行拥吻了那名女子。女子吓得尖叫，震耳欲聋。此后他便一发而不可收拾，无论是下夜班的女工，还是上早班的护士，甚至还有中小学的女生，都成了他的目标。一旦找到机会他就会上前强吻一番，女孩一时半会儿反应不过来，最初脑子一片空白，也许还会像韩剧女主角那样瞪大眼睛，接着女孩会开始挣扎，动手推开或者打他。这个变态少年亲完就跑，跑得比兔子还快。

侑子其实是个内向的少年，在家里看电视，如果出现接吻的画面，他就会立刻换台，父母会心一笑。父母不太相信自己的儿子会成为午夜街头的强吻狂魔，被侵犯者竟然无一报警。侑子的胆子越来越大，作案时间跨度长达一年。

警方后来也找到了几位受害者，一个女孩说："报警怪丢人的，又没有强奸我，只是亲了嘴嘛。"

另一个女孩说："当时快吓死我了，二话不说就亲我，我以为抢我包呢。"

这一年来，侑子夜间强吻过的女性多达十几人，徐梦梦令他印象深刻，难以忘怀。

徐梦梦梦游走上街头，侑子在网吧的玻璃门内看到她的身影悄悄地跟随，拥吻住她的时候她竟然毫不反抗，那乖乖的样子让侑子产生了初恋般的美好感觉。侑子认识徐梦梦的校服，又通过来网吧上网的一中学生打听到徐梦梦的班级和宿舍。在校门口，侑子用手机多次偷拍她的身影。侑子只有十六岁，和高中生同龄，他跑到学校偷拍徐梦梦并没有引起别人的注意。徐梦梦住单人宿舍，午睡时常常忘记锁门，侑子后来竟然大着胆子潜入宿舍偷拍徐梦梦，拍摄距离近在咫尺。他看着熟睡的心爱女孩，极力克制着自己不去亲吻她的脸，这对于一个喜欢强吻的色魔来说真是一种痛苦的折磨。

究竟是什么样的意志力让他没有再次做出猥亵的举动呢？

是担心把她弄醒吗？

也许……出于一种爱。

他爱上了她，于是加了微信，发出了那些偷拍的照片，随即又做贼心虚地把徐梦梦从好友名单中删除了。此后，他没有再次猥亵过街上的单身女孩，他并不知道徐梦梦失踪的事情，可能再次加了她为好友，一直等待通过。

高考倒计时进入尾声，班主任杨永信在讲台上做最后的动员讲话。

小若黎对王小手说:"你听说了吗,昨天逮住了一个人,专门在大街上非礼女人。"

王小手说:"是吗,我没听说。"

小若黎说:"肯定得判刑。"

王小手说:"你和我说这事干吗呀?"

小若黎说:"这不快毕业了吗,我也是好心提醒你一下,你以后可不要走了歪路。"

因为临近毕业,学生们欢呼起来,楼下操场传来校长用喇叭喊的话:不许撕书。

高三(16)班的学生跑到窗口,率先把自己的书本撕碎了扔下去,其他班的学生纷纷效仿。撕书已经成了毕业的一种狂欢仪式。欢声笑语混合着口哨声,操场上空飘落的纸片漫天如雪。陈校长年年毕业时都用大喇叭呼吁同学们不要撕书,但是年年纸片如雪,他独自一人站在楼下抵抗,真是个固执可爱的老头儿。

一个女同学眼含热泪,离开校园之后,也许再也不会回来,她看着空中的纸片,心想,飞吧,飘吧,我的高中三年。

小若黎说:"你毕业后打算做什么?"

王小手耸耸肩,说道:"我也不知道,你呢?"

小若黎说:"我要做一名法医。"

王小手说:"法医也是警察吧。"

小若黎说:"是啊,说不定,那时候我还会到一所学校扮成学生卧底侦查一起案件呢!"

第十一章　燃烧的伞

嫌犯之所以想出了这么变态的惩罚方式，就是要用这种令人生不如死的方式折磨她们。

一年一度的高考开始了，高考只有两天（大部分省份是两天，少数省份需要三天），这两天将改变很多人的命运。

老杨的糁汤店热闹非凡，一大早就有家长代替孩子来排队，这两天，老杨的糁汤免费提供给高考学子，这是小店十多年的传统。通往学校的街道已经戒严，交警把守，严禁机动车驶入，为的是给高考营造一个有利的环境。

包斩站在校门前，看着那些即将参加高考的学子，心想：这个案子如果破不了，只能无功而返，自己有何颜面回去见梁教授？一旦高考结束，漫长的暑假就开始了，学生们离校，再想破案已经错失良机。

小若黎说："我不用真的参加高考吧？"

包斩说："结束了，你的卧底生涯以失败而告终。"

孙大越说："我们的案子难破啊，看来遥遥无期。"

小若黎不用再冒充学生了，她很高兴自己回归正常生活。在学校附近的地摊上，小若黎买了好几双鞋垫，她给包斩、郝局长、孙大越，每人都送了一双。

郝局长说："一双鞋垫不算是行贿，我就收下了。"

孙大越说："小若黎真是个好孩子啊，我现在就垫上。"

郝局长说："你还是去外面换上吧，你脱了鞋能臭死人，浓烟滚滚啊。"

包斩说:"小若黎,你怎么买了这么多鞋垫,你要搞批发吗?"

小若黎说:"不是啊,学校门口有个老奶奶卖鞋垫,我看她好可怜,我就说,这些鞋垫我都买了,你快点回家吧。这最后一双呢,给大越妈。"

孙大越说:"我妈双腿瘫痪,你还给她老人家买了双鞋垫,哈哈哈,她肯定高兴。得了,我提前下班,请你和小包吃饭,今天局长把补贴发给我了,走,你俩跟我回家。"

郝局长说:"大越请客,真是太阳从北边出来了,这可是大越从参加工作到现在第一次请客。为啥要回家啊,在外面找个饭馆就是了。"

孙大越说:"在家里随便一些嘛,饭店吃饭多贵啊!我去买一只马集烧鸡,再买点朱楼炸鱼、纸坊大肠,再随便弄个菜就行了。"

在车上,小若黎兴致勃勃地讲:"今天,我在学校门口还见到了一个人,骑行你懂吗?那人就是骑行的,穿着冲锋衣,还骑着山地车,他找我借了一百块钱,还记了我的手机号码,说会把钱充到我手机上。我说,希望你说到做到。他说,放心吧,我钱包丢了,家里打了钱就还你。"

大越说:"你这丫头,碰到骗子了,你咋这么单纯啊?你是警察,居然还被坏人给骗了。"

小若黎说:"我看那人不像是骗子。"

大越说:"骗子的脸上可没写字,谁会说自己是骗子啊,等着吧,那人不会把钱还你的。这低级骗术都有人上当,你真是有辱我们警察的名声。骗子要是把钱还你,我就把这辆车吃了。"

刚说完,小若黎的手机来了一条充值短信,她兴奋地说:"看吧,人家给我充话费了。大越叔叔,你真的要吃掉这辆车吗?先从哪儿下嘴啊?

要不先吃车轱辘吧？"

包斩坐在车的后排，笑了一下，默默地把自己的手机放回兜里，他偷偷地给小若黎充了一百元话费。小若黎，这个单纯善良的女孩子还不了解社会的复杂，包斩希望她能永葆一颗纯真无邪的心。

包斩说："不管咋样，我们总得相信，这个世界上还是好人多啊。"

这些小事，都让包斩觉得小若黎是特案组新成员的最佳人选，尽管她工作经验欠缺，但是这个女孩的善良和单纯深深地打动了包斩。包斩也考虑过孙大越，大越从警多年，经验丰富，然而，大越是个孝子，根本不会离开需要照料的母亲。

大越在小区里停好车，拎着酒菜，他和包斩、小若黎一路说笑着回到家。

打开家门，家里一片寂静，好像无人，大越觉得奇怪，随后在阳台上看到了令人震惊的一幕：大越妈上吊自杀了！

大越妈死意已决，她认为自己拖累了大越，导致大越至今娶不上媳妇儿，所以，她先吃了半瓶安眠药，然后把一条围巾系在阳台的晾衣架上，摇动升降器，调整到合适的高度，将自己的脑袋伸进绳圈，用力地向后推开轮椅，完成了上吊的整个过程。

幸好发现及时，孙大越和包斩、小若黎将大越妈紧急送往医院，经过抢救，大越妈已经脱离了生命危险。医生说，再晚五分钟，可能就完了。

大越说："妈，你怎么这么傻啊，为啥想不开啊。"

大越妈刚刚洗过胃，身体很虚弱，躺在病床上说："儿啊，妈对不住你，妈走绝路也是想要你好。妈就是个累赘，自打得了这病，你没日没夜地伺候我，端屎端尿，连个媳妇儿都娶不上，是我害了你啊。"

大越趴在病床上，痛哭起来……

回到公安局，包斩陷入了深深的思考。可怜天下父母心，父母可以为了孩子做任何事情。"人体蜈蚣"案的嫌犯也有可能是一个孩子的家长，犯罪动机应该就是简简单单的报复。加祥警方调查了一些平日里跟四名失踪女孩有矛盾的同学，但是没有发现什么线索。包斩推测，案件缘由就是一起隐秘的校园暴力事件，这个观点从未动摇过。那个穿雨衣的光头男人用鱼线将四名女生穿起来，牵着她们在街上爬行，这是一种羞辱，通过监控视频故意给警方看。

包斩想："嫌犯究竟有没有杀害她们呢？"

应该没有杀害她们。

她们目前还活着。

嫌犯之所以想出了这么变态的惩罚方式，就是要用这种令人生不如死的方式折磨她们。

郝局长调集警力，启动了大规模的摸排行动，警方联合街道办、小区物业、村委会对萌山周边地区挨家挨户地展开排查，对嫌犯可能藏匿的落脚点进行搜索。郝局长强调，嫌犯是个光头男性这一线索要特别注意，重点查找在一中上学的学生家属。

这种方法很笨拙，有可能打草惊蛇导致嫌犯外逃，最终耗费大量警力而一无所获。

谁也没想到，排查到第二天，也就是高考结束的当天，萌山脚下护山村有位村民反映了一条很有价值的线索。大概在一个月之前，有人租了他家废弃的养鸡场，声称种植蘑菇，还请了工人用砖头封闭了鸡舍窗户，加固了门。村民以为种植蘑菇需要避光，以利于蘑菇生长，所以并不以为意。今天上午，村民在养鸡场围墙后面发现有人焚烧过东西，从灰烬中可以看到一节钓鱼竿，以及牙刷、毛巾等生活用品，其中居然还有一本《五年高考三年模拟》，这引起了村民的警觉。

警方问道："租你家养鸡场的是一个什么人？"

村民回答："四十多岁，是个女的，这个女的是个光头，戴着一顶太阳帽。"

在此之前，警方一直认为嫌犯是一个光头男性，忽略了也有可能是一个女人。

警方立即赶到养鸡场，屋子里空空荡荡，没有一个人。

就在警方寻找这个光头女人的时候，她再次出现在一中学校路口的监控视频里。

不知道为什么，高考的时候总是会下雨。高考两天，天空一直阴郁，最后一门考的是外语，下午五点结束。考完后天色渐暗，下起小雨。很多学生和家长陆陆续续地离开考场，大家纷纷驻足，接着看到了很奇怪的一幕："有个光头女人，打着一把着火的伞，站在路口。"

女人的光头上有几道骇人的刀疤，手里举着一把燃烧的伞，一动不动地站着。

围观者议论纷纷，不知道这个女人为什么会打着一把燃烧的伞站在这里。

公安部门的监控室里，值班民警立即汇报，郝局长和包斩看着监控画面，光头女人手中的伞很快燃尽，只剩下伞架。

包斩说："她把雨伞点着，是想引起咱们警方的注意，她知道有警察在看着监控。"

郝局长说："她想干吗？"

这个光头女人扔掉伞架，把手里的一个塑料袋放在地上，袋里装有大葱、鸡脯肉、干辣椒和花生米。然后，她做出了一个古怪的手势，对着路口上方的监控视频，她的两只手握成拳头，并拢在一起，向前伸。

郝局长说："这是对我们警方赤裸裸的挑衅啊，她是不是说：来抓我啊。是这意思吧？"

郝局长立即下令，让最近的派出所紧急出警，同时让交警和巡警在外围布控，一定要将这个女人抓获。以往，包斩总是在第一时间赶往现场，这次却无动于衷，他安静地坐着，看着监控画面中那个光头女人拎着东西离开，他似乎觉得警方会再次扑空，这个女人有着极强的反侦查能力。那个古怪的手势究竟是什么意思呢？包斩的脑子像计算机一样高速地运转，他站起来，猛地拍了一下桌子，大声说道："我知道那四个女孩在哪里了。"

郝局长疑惑地说："在哪儿？"

包斩说："在家里，她们回家了。"

郝局长说："你怎么知道的？"

包斩说："很显然，这个女人就是我们要找的嫌犯，她做的手势，意思是投案自首。"

第十二章 暴力欺凌

四个女孩扬长而去，
常玉趴在地上，一动不动，
像是死了……

正如包斩所料，失踪的四名女孩已经安然无恙地回到家中。

光头女人把四个女孩囚禁了一个多月，在高考结束的当天居然把她们释放了。随后，光头女人拨打了110，她对接线警员说："你好，我叫石凤英，加祥一中的那四个女孩是我非法拘禁的，是我逼她们吃下鱼线，牵着她们游街。我现在投案自首，争取宽大处理，我告诉你们我现在在哪里，你们来把我带走吧……"

这起骇人听闻的"人体蜈蚣"案源于一起校园暴力事件。

学校里的矛盾纠纷往往都是些鸡毛蒜皮的小事，然而，对于那些青春冲动的学生来说有时却会酿成大错。

社会姐颜宝蓝，这个嚣张跋扈的女孩有一天非常不好意思地对宋蔷薇分享了自己的小秘密，她爱上了一个男孩。男孩是高三的学霸，品学兼优，成绩排在全年级前十名，长得白白净净，戴一副近视眼镜，文静得像一个女孩子。

宋蔷薇说："你这学渣居然看上了学霸，他也不是多帅啊，还有点呆，走路看书会撞到树。"

社会姐说："反正我喜欢。"

大扎妹说："宝蓝姐要恋爱喽！"

徐梦梦说："我见到他，就喊姐夫。"

社会姐说："人家都不知道呢！"

宋蔷薇说："这还不简单，我帮你泡到他。"

宋蔷薇带着徐梦梦和大扎妹在楼梯拐角堵住学霸，社会姐坐在上面的台阶上，抽着烟，手里把玩着打火机，一脸的高冷。

学霸心里有点慌，这几个女孩在学校可谓是臭名昭著，无人敢惹，学霸低着头想要走过去，宋蔷薇一只手扶着墙，拦住了他。

徐梦梦在旁边笑嘻嘻地喊道："姐夫。"

学霸一头雾水，用手指推了一下眼镜，不明白什么意思。

大扎妹说："宝蓝姐看上你喽。"

宋蔷薇从学霸书包里拿出纸和笔，写下一串数字，说道："我姐喜欢你，你自己看着办，这是我姐的企鹅号，你记得加啊。"

学霸无奈地加了社会姐的QQ，睡觉之前会和她聊几句。学霸的态度只是敷衍，不想惹是生非，社会姐却认为已经和学霸有了恋爱的名分。社会姐鼓起勇气，在一个周末约学霸看了一场电影。学霸不敢拒绝，像木头似的坐在电影院里，社会姐递给他可乐和爆米花，他也不接。电影快要结束的时候社会姐主动搂住了他的肩膀，他紧张得想尿尿。

学霸说："不要这样嘛，万一被熟人看到……那边那个男生好像穿的是咱们学校的校服。"

社会姐只好把手从学霸肩上拿开，其实她心里也非常激动，只是装出一副很老练的样子。

几天后，宋蔷薇告诉社会姐，有个女孩勾搭她男朋友。

社会姐怒不可遏，醋劲大发，在厕所里堵住了那女孩。女孩名叫常玉，个儿矮微胖，脸上有雀斑，也戴着一副近视镜。常玉的学习成绩很好，名列前茅，她和学霸在一个班级，两人是同桌，成绩不相上下，每次考试都暗中较劲争取超过对方。

社会姐说："来来来，你过来，你知道我是谁不？认识我吗？"

常玉正在打电话，急忙把电话塞到兜里，有点心惊胆战，怯怯地说："你是社会姐，不，你是颜宝蓝。"

社会姐说："你是不是和我对象说话了？我对象，你连看都不能看一眼，你还敢说话？还敢找他借笔记？"

常玉说："啊，我不知道啊，你对象是谁啊？"

徐梦梦说："你同桌是我姐夫，谁不知道啊。"

大扎妹说："你是不是找他借过笔记，还借了两次？"

常玉说："怎么了？我是找他借过课堂笔记，老师整理的重点。"

社会姐说："全校那么多人，你不找别人借，为什么只找我对象借？"

宋蔷薇说："你想搞事情啊？抢人家男朋友。"

常玉说："我没有，真没有，你们误会了。"

社会姐说："你是不是该给我道歉啊，鞠个躬。"

常玉说："好吧，我道歉，我不该找他借笔记。"

社会姐伸出一只手，低垂着，要求常玉鞠躬鞠到这个位置。常玉忍气吞声，鞠了一躬，社会姐的手再次低下去，常玉再次鞠躬，社会姐的手不断地往下低，常玉的腰不断地弯下去……最终，社会姐啪的一声给了常玉一记响亮的耳光。

常玉实在没有勇气还手，她曾经见过社会姐打架。社会姐在中学时就已经打出了名声，成了校园里无人敢惹的不良少女。就连社会上的小痞子对她也忌惮三分，很多同学都见过社会姐在指缝里夹着钥匙，握成拳头，把一个身高一米八的小混混打跑了。

常玉捂着脸不敢再说话，眼泪流了出来。

社会姐说："站好喽。"她让大扎妹和徐梦梦轮流上去抽耳光。

大扎妹活动了一下手腕，抽了一记耳光。

徐梦梦比较胆小，但是当着朋友的面又不想示弱，只是轻轻地打了一下。

这时，上课铃声响了。

社会姐说："想要去上课，可以，从这里爬过去。"社会姐嚣张地指了指自己的胯下。

常玉哭得抽抽噎噎的，社会姐冷冷地问道："爬不爬，不爬别想去上课。"

宋蔷薇说："不爬就赔钱，一千块，你有吗？"

常玉惧怕挨打，浑身发抖，她缓慢地，忍受着屈辱，趴下身体，从社会姐的胯下钻了过去。

宋蔷薇说："该我了。继续，从我这里钻过去，你们看，她现在像什么啊？"

大扎妹说："像是我家的小狗狗。"

社会姐哈哈大笑，踢了一下常玉的屁股，常玉浑身一颤，迅速地爬了几步。宋蔷薇却夹住了她的头，扭摆了几下膝盖然后才放行，宋蔷薇开心地说："真好玩。"

大扎妹后退几步，跑着从常玉头顶跳了过去，拍拍手，就像体育课上跳过鞍马。

社会姐说："我见你一次打你一次，你别想高考了。"

徐梦梦没有让常玉钻胯，她说："算了算了，我就算了，她身上全是鞋印，别弄脏了我刚买的裤子。"

四个女孩扬长而去，常玉趴在地上，一动不动，像是死了……

近年来，校园暴力事件时有发生，不仅伤害未成年人的身心健康，也冲击着道德和法律的底线。案件中，有些孩子的作案手段之残忍，令人触目惊心，已引起家长和社会的高度重视。

第十三章　皮肉生涯

既不能忍受这一切，
　　　又没有办法改变，这是大多数人的生活状态，
　　这也是大多数人不开心的原因。

常玉的妈妈就是石凤英。

常玉最害怕的事情是开家长会，因为她的爸爸死了，妈妈进了监狱，这是她的难言之隐。

常玉的妈妈杀死了她的爸爸。

石凤英的人生经历可谓是跌宕起伏，她打过工，杀过人，坐过牢。

石凤英只有初中学历，毕业后南下广州打工。她在服装加工厂给牛仔裤缝过纽扣，在玻璃钢厂做过抛光工作，在屠宰场割过鸡翅。一只只鸡被倒挂在转动的链条上，先割喉放血，再进热水池，接着进入脱毛机，有人负责开膛，有人负责掏出内脏，有人割掉鸡翅和鸡腿，有人剃下鸡架，流水线上的工人如同机器人，重复着机械的动作，不能胡思乱想，也不能偷懒，工作的时候就是盼着吃饭、上厕所、早点下班。

流水线工人很多都是年轻人，最大的收获就是明白了上学是一件多么轻松的事情。

然而，悔之晚矣。

那段时间，石凤英住在公交车里。

厂子位于郊区，附近有个露天的停车场，荒草遍地，看守就把报废的公交车改成了宿舍，用来出租。因为租金便宜，吸引了很多打工者，他们乘坐公交车去上班，晚上就睡在公交车里的铺位上。

　　石凤英恋爱了，厂子里有个叫晓峰的男孩，在冷库负责搬运工作，见到她就喊她：厂花。

　　几个月以后，因为下雨，厂子里停电了，打工者早早地下了班。石凤英蒙着一块塑料布，跳过几个水洼，跑到晓峰身边，告诉他，自己怀孕了。晓峰假装露出惊喜的表情，敷衍了几句，当天晚上就翻过厂区的围墙跑了，连行李都没带，但是偷走了石凤英打工的积蓄。

　　相爱总是毫无准备，分手却是蓄谋已久。

　　石凤英躺在公交车里的铺位上，雷声阵阵，大雨点砸着铁皮车顶，这声音会吵得人整晚都睡不着，整个晚上都被迫听着雨落在车顶的声音。

　　第二天，她找几个老乡姐妹借了钱，独自去医院做了人流手术。

　　从那以后，她再也没有哭过，再也没有流过一滴泪。

　　后来，石凤英去了一家台资企业打工，做了一名纺织女工。这是她命运转折的地方，在这里，更多的打工仔开始追求她，她一一拒绝，她明白，自己的姿色是唯一的优势。

　　既不能忍受这一切，又没有办法改变，这是大多数人的生活状态，这也是大多数人不开心的原因。

　　她想到了改变，必须改变。

　　台湾企业有着独特的文化氛围，有一次，厂子里举办了服装设计展示活动，任何打工妹都可以报名，展示自己设计的服装，像模特一样走上T台。

石凤英用厂里生产的纱巾做了件抹胸，下面也是纱巾制作的裙子，光着脚，露着肚脐和肩膀，露着修长的腿，耳鬓戴着一朵厂区花坛里摘下的玉兰花，走台动作和姿势都反复练习，曲线玲珑，身材曼妙，收获了T台下所有观众的掌声。她引起了一位经理的注意，这位经理是台湾人。

然而，好景不长，经济危机爆发，一些台资企业撤出了大陆，石凤英丢了工作。她只好去夜总会做了个领班。

做了几年，夜总会也不景气，她想到了自己的年龄，二十八岁了，年近三十，应该收手了。于是，她买了一张回家的车票。

第十四章 女子监狱

分数是犯人的生命、希望、自由，
　　在监狱里所承受的一切苦难、劳累、屈辱，
　　为此都是值得的。

石凤英回到老家，那个位于鲁西南的小县城，嫁给了一个烧烤店的小老板。

结婚的时候丈夫非要买红色的沙发，她死活不同意，红色的沙发总让她想起夜总会的包厢，那是她不堪回首的记忆。后来，她买了白色的沙发罩套在沙发上，才觉得顺眼了一些。

丈夫的烧烤店经营不善关门了，石凤英拿出自己的积蓄买下那个商铺，开了一个服装店，生意兴隆。

婚后第二年，石凤英生了个女儿，就是常玉。石凤英对女儿倾注了所有的爱，她进了一批童装，所有漂亮的衣服都先给女儿穿上。丈夫身为独子，有传宗接代的压力，所以一直想要个男孩。后来，石凤英因病切除了部分卵巢，彻底丧失了生育能力。

丈夫本来就有酗酒的习惯，喝醉了就开始吵架，脾气上来了就会殴打石凤英。

丈夫说："娶了你可真是倒霉了，连个带把的都生不出来，我家绝后了。"

石凤英说："都什么年代了，你还重男轻女。"

丈夫说："我爸妈死不瞑目啊，我对不起列祖列宗，女儿嫁出去，就随了人家的姓了。"

石凤英说:"以后招个上门女婿就是了。"

丈夫说:"你这个废物!"

中国式婚姻中,很多妻子遭遇家庭暴力,往往选择忍气吞声、委曲求全。石凤英面对家庭暴力的态度是反抗,最终成为一个悍妇。丈夫打她,她像被激怒的狮子一样和丈夫对打,每次打架都两败俱伤。丈夫是典型的窝里横,在外面受了窝囊气一声不吭,回家打骂妻子出气。后来,不知道怎么回事,一些风言风语渐渐传入丈夫耳中,有人很隐晦地告诉他,石凤英以前在南方打工的时候当过小姐。

那天,丈夫并没有喝酒,回到家,铁青着脸,咬牙切齿地质问石凤英。石凤英正在拖地,装作没听见,丈夫怒不可遏,冲过来就是一记耳光。

丈夫说:"你承认了是吧,你卖淫,给我戴了多少绿帽子啊?"

石凤英说:"外人挑拨离间你也信?"

丈夫说:"你卵巢长了个瘤子,就是因为你是个千人干万人搞的贱货。"

石凤英说:"不行我们就离婚吧,这日子没法过了。"

丈夫说:"离婚可以,家产都归我,你带着孩子滚蛋。"

石凤英说:"这个家,这个房子,这些家具,还有你喝的酒,都是我挣来的。"

丈夫说:"是,你卖淫挣来的。"

石凤英说:"就卖,我就卖,明天我还去卖!"

丈夫怒火中烧,夺过拖把,劈头盖脸地暴打石凤英。石凤英就站着由着他打，不动，也不躲，只是睨视着他，脸上还带着三分笑意。笑容之中充满着难以压抑的怒火和嘲讽，这是火山爆发的前兆。

女儿常玉光着脚站在卧室门口，哭着说："爸爸，别打妈妈，你们离婚吧。我跟妈妈，什么都不要，我只要妈妈。"

丈夫失去了理智，嗷嗷叫着冲过来，拖着女儿就要跳楼。

石凤英上前夺过女儿，从厨房拿起一把菜刀，疯了似的对着丈夫乱砍了几刀，然后抱起丈夫，把他从六楼阳台上扔了下去……

那一年，女儿常玉只有七岁，爸爸死了，妈妈进了监狱，因故意杀人罪被判有期徒刑十年六个月。

女子监狱的生活基本上可以用两个字来概括：干活。

石凤英之前在南方打过工，她感觉那种工作强度比起监狱来说简直太轻松了。她刚进监狱的时候做过纸袋，天天如此；后来改做针织，狱警从来没见过打毛线帽子那么快的女人，手指翻飞，一刻不停。石凤英还做过穿灯泡的工作，就是用电线连接起很多小彩灯。逢年过节的时候，在很多城市街道边的树上都有这种彩灯。

干活没有工资，但是可以加分，加分累积到一定程度可以减刑。

分数是犯人的生命、希望、自由，在监狱里所承受的一切苦难、劳累、屈辱，为此都是值得的。

监狱里面分为手工活和机器活，机器活在监狱的车间，很多犯人都抢着干机器活，因为这种工作劳动强度大，监狱往往会改善伙食，几乎顿顿有肉。石凤英吃过好几个月的空心菜，这种菜被女犯们戏称为"绿色钢管"。

监狱里没有现金，每个女犯都有个卡，家人可以往卡上打钱，然后可以在监狱内部的小超市购买方便面、火腿肠，改善下生活。

十年牢狱生涯，支撑着石凤英活下去的动力是她的女儿，女儿是她的精神支柱。

女儿寄来的信最初很简单，只会写一些生活里的琐事，例如学校里的见闻、姥姥的身体状况，这些琐事都能让石凤英感到异常幸福。石凤英以前买过一间临街商铺，常玉跟着姥姥生活，靠收取租金勉强度日。常玉上了初中，来信更加频繁，有什么心事和烦恼都在信中诉说。上了高中后，信件慢慢减少，只报喜不报忧，遣词用句都非常含蓄，从随信寄来的照片可以看出，常玉已经长成一个大姑娘了。

石凤英的回信，始终饱含谆谆的教导，给女儿树立了一个人生目标：必须考上大学。

女儿的信放在枕边，石凤英闭着眼睛，心中无比想念。

这是童话般的影像，每一个晚上，她身在监狱，躺在囚室的枕头上，她的枕边都有一个花园在缓慢地旋转，这个花园里有世界上所有的鲜花，那么香，那么绚烂，永不凋谢，这个花园里有一个小公主，就是她的女儿。

石凤英在监狱里有几个关系要好的姐妹：梅老师、富婆、女律师、小赌妞。

梅老师是经济犯，因贪污受贿进的监狱，曾经做过某市外经贸局的二把手。因为文化程度高，她在监狱里担任教学室老师，监狱里的犯人也可以报考函授大学。监狱里藏龙卧虎，很多犯人认为梅老师是手可通天的人物，梅老师刚分到监区的时候，曾有人看见监狱长和梅老师握了一下手。

要知道，犯人见到普通的女干警都得立正，毕恭毕敬，不可以随便说话，能和监狱长握手是不可想象的事情。

富婆长得又矮又黑又胖，还很穷。犯人之所以叫她富婆，是因为她曾经干过"重金求子"的诈骗行当。我们在路边的电线杆和公交车站牌上有时会看到"重金求子"的广告，一张美女照片附带着手机号码，广告词如下：

"性感高贵美少妇，二十八岁，嫁香港富商，因丈夫有生育障碍，为了传承家业和维护家族形象，经夫妇合议，来内地寻诚意健康男士圆梦，亲谈满意，即赴你处（本人单独与你约见，不影响家庭），事成后必有重谢。"

诈骗套路很简单，受骗者拨打电话，对方要求先付一些公证费用，或者支付定金，一旦付款就上当了。

女律师是因交通肇事逃逸而进了监狱，开车轧死两人，判了七年。

小赌妞只有二十三岁，但是精通各种赌术，麻将、牌九、梭哈、扎金花、斗牛、百家乐，无所不通，她因贩毒偿还巨额赌债被判了死缓，后减为无期徒刑。

过年的时候，监狱休息几天，不用干活。伙食也比平时更为丰盛，八菜一汤，再发放一些面粉和饺子馅，关系要好的女犯会聚在一起包饺子。除夕夜是最热闹也是犯人最放松的一个夜晚，女犯还有自编自导的文艺节目，狱警比平时更为宽容，大队领导和监区主管也会给犯人拜年，希望犯人好好改造，早日回归家庭。

石凤英说："今天，过年了，大家都把杯子举起来，以水代酒，新年快乐。"

梅老师说:"过年能不喝点酒吗?你们看这是什么?"

梅老师从一个黑色塑料袋里拿出两包烟、一瓶干红葡萄酒,还有一部手机。

小赌妞说:"梅老师太牛了,这可是违禁品啊,怎么搞来的?"

女律师说:"不该问的别问。"

富婆说:"我不抽烟,也不喝酒,只想给家里打个电话,他们这会儿肯定正看春晚呢。"

小赌妞说:"让我先打吧,我对象接到我电话肯定吓一跳。"

梅老师说:"每个人五分钟,打电话都小点声,谁也不许哭。"

每个人打完电话,眼睛都红红的。

除夕夜是最想念家的时候。万家灯火,阖家团圆,而自己身陷囹圄,怎能不哭?

常玉接到妈妈的电话感到非常意外,异常兴奋。石凤英询问了一下常玉的学习情况,叮嘱她一定要努力学习,争取高考时考出好成绩。常玉询问妈妈什么时候能回来,石凤英想了一下,淡淡地说,快了。母女俩又说了一些嘘寒问暖的话,最后依依不舍地挂了电话。

女律师说:"富婆,你老公和你说什么了,给我们讲讲。"

富婆说:"那死鬼还和我开玩笑呢,我再熬一年,明年这时候就能回家吃饺子啦。"

梅老师说:"英子,你怎么不说话,想孩子呢?"

石凤英说:"是啊,孩子就快高考了,我得让她更努力点。"

富婆说:"英子,你把你丈夫……你就不后悔吗?"

石凤英说:"他要活着,我还杀他。"

女律师说:"大过年的,提这个干吗?"

小赌妞说:"杀人才判十年,我就卖了点毒品,就判我无期。"

石凤英说:"我杀的不是人,是畜生。"

梅老师说:"喝酒喝酒,都举起杯来,今天是年三十,谁也不许说丧气话,新年快乐。"

第十五章 非法囚禁

随后，她走出家门，迅速地把门关上，她不想让女儿看到门外的警察给她戴上手铐的样子。

大年初二，小赌妞出事了，这件事却成全了石凤英。

小赌妞又借了梅老师的手机，一个人悄悄躲在厕所里给对象打电话，对象却提出了分手。小赌妞一时想不开，再加上在狱中漫漫无期，看不到任何希望，她摔碎红酒瓶打算割腕自杀。石凤英听到响声立即跑进厕所，想要夺下酒瓶。小赌妞已经失去理智，虽然平时和石凤英以姐妹相称，但这时一心寻死，她竟然发了疯似的将手里的酒瓶刺向石凤英，石凤英的头皮被大面积割伤，后来缝合处也不长头发，她索性剃了个光头。

在监狱里，自杀是非常严重的事情。

小赌妞先被关了禁闭，后来又进了严管队，她态度消极，拒绝改造。

石凤英阻止了小赌妞自杀，这是重大立功表现，几个月后，她的减刑核定书下来了。她给梅老师、女律师、富婆念了一下：

"石凤英……因犯故意杀人罪……被判处有期徒刑十年零六个月。监狱服刑……曾于……减刑六个月。本次提请减刑期间，因在监狱劳动岗位表现突出，考核积分达到标准，并且有重大立功表现，先后获得表扬三次，记功一次，根据相关规定，可对其提请减刑。其余刑还有十个月左右，刑罚执行机关提请建议减去余刑。"

减去余刑意味着马上就可以出狱，石凤英的十年牢狱生涯结束了。

石凤英拿着减刑核定书，手禁不住地颤抖起来，她仰望天空，长长地叹了一口气。狱中姐妹都为她高兴，梅老师买了几盒酸奶，还在监狱小灶上炒了几个菜，在狱中教研室里，大家席地而坐，举杯为她送行。

梅老师说："英子，给你女儿打个电话吧，给她个惊喜。"

石凤英拨通了女儿的电话，按了免提，大家一起侧耳倾听。

女儿常玉当时正在厕所里，电话响了，她看了一眼，是个陌生号码。她刚接通手机，一只手就打了她一下。接着四个女孩围住了她，她慌里慌张地把手机放兜里，想要离开，四个女孩却拦住了她。

这四个女孩就是：社会姐、宋蔷薇、徐梦梦、大扎妹。

电话里可以清楚地听到女儿挨耳光的清脆声，以及被迫跪地爬行时的哭泣声，四个女孩的嚣张气焰和暴力行为令人发指。

"鞠躬，鞠到这里，我手的位置，啪！啪！给我打……你废了，看你那骚样，还勾搭男人……从你大姐我胯下钻过去，像狗一样……哭，还敢哭，还有脸哭……我见你一次打你一次，这就是你勾引男人的下场……你还想高考，让你上不了学……"

整个欺凌过程，石凤英在电话里听得一清二楚，狱中的姐妹面面相觑，一个个不知道该说什么，只好保持着沉默，怒火一点点地从每个人的心里升腾起来。石凤英想要阻止电话那头的校园暴力却无能为力，只能听任女儿被欺负。这起欺凌事件结束的时候，石凤英挂了电话，她并没有继续拨打电话安慰女儿，而是异常冷静，冷静得可怕。

石凤英说："我出去后，有事干了。"

富婆说："这几个小妮子，要是在我面前，我一个人就能打残废了她们，这也太欺负人了。"

女律师说："对，不能轻饶了她们。"

梅老师冷静下来，试探着问："你不会杀了她们吧？"

女律师说："杀了她们，赔上你的命，为了这几个小畜生，可不值得。"

石凤英说："我要让她们几个生不如死，等着吧。"

富婆说："真该让她们尝一下关禁闭的滋味。"

石凤英问道："非法拘禁，能判几年？"

女律师回答："如果没有造成身体轻伤的话，三年以下。"

石凤英说："要是投案自首呢？"

女律师回答："那肯定能减轻刑罚，说不定还能缓刑呢，你是不是想好了什么计划？"

梅老师说："不管你做什么，你要付出最小的代价。"

石凤英说："为了女儿，为了女儿的学业和前途，我命都可以不要，更何况判个几年。"

女律师说："英子，你出去，需要用钱，我们姐妹几个可以给你凑一下。"

梅老师说："你出去后，找一个人，他会借给你钱的。"

石凤英说："那人为什么会借给我钱？"

梅老师说："你买一个口罩送给他，就说是我的朋友，他就什么都懂了。"

监狱里有个规矩，犯人出狱的时候不能回头，这寓意着不走回头路。

石凤英被释放的时候却回头看了一下，几个姐妹都哭了，她面无表情地挥手。

出狱的时候她没有通知家人，搭乘一辆大巴车，先去找梅老师的朋友借到了钱，然后回到加祥县城。她去了好几个房屋中介公司，本来想租个地下室，但是发现萌山脚下那个废弃的养鸡场是最佳的囚禁场所。这个养鸡场位于山坳里，周边没有人家，她让房东找来工人，封闭加固了门窗，还在鸡舍里盖了一间禁闭室，她对房东说：我要种蘑菇，这间屋用来培育菌种，不能见光。

石凤英购买了四把铁椅子，改造成了禁闭椅，她又购买了鱼线、镣铐、手铐等作案工具。

石凤英在学校门口找到了社会姐颜宝蓝，当时，颜宝蓝和宋蔷薇正在学校门口喝奶茶。

石凤英客客气气地说："对不起，我是常玉的妈妈，我家常玉不该抢你男朋友，我已经揍过她一顿了，我替她向你道歉，希望你能原谅她，真的对不起。"

颜宝蓝说："没事，我不计较这些了。"

宋蔷薇说："阿姨，我们可没打她，就是说了她几句，才多大啊，就抢人家男朋友。"

石凤英说："是啊，我回家还得狠狠教训她。这样吧，我口头道歉也没什么诚意，我赔点钱，你们以后也别找她麻烦了。"

颜宝蓝和宋蔷薇对视了一眼，有点犹豫。

石凤英说："你们要是不收这钱，我就送你们家去。"

石凤英的态度甚至有点低三下四，心里有点着急，担心两个女孩不收钱，自己的计划也就泡汤了。

宋蔷薇试探着问："你……赔多少啊？"

石凤英说："你们每人一千元，你们就放过她吧，毕竟她也快高考了。"

宋蔷薇说："好吧，阿姨，我保证，以后不会找常玉的麻烦，还会和她做好朋友。"

石凤英谎称去附近的一个亲戚家取钱，带着社会姐和宋蔷薇来到养鸡场，她关上了大门，脱掉帽子，露出光头，光头上还有几处疤痕，看着甚是骇人。

石凤英笑了。

社会姐和宋蔷薇隐约感觉有点不妙，石凤英没等她们反应过来，双手抓住社会姐摔到了墙上，社会姐头朝下落地，当场昏迷了过去。

宋蔷薇吓得跪下了，一个劲地求饶……

石凤英让她站起来鞠躬，然后狠狠地抽了一记耳光，继续鞠躬，继续抽耳光。

社会姐醒来，发现自己坐在一把椅子上，身边还有三个女孩，宋蔷薇被揍得鼻青脸肿。石凤英逼迫宋蔷薇，让她把徐梦梦和大扎妹也骗了过来。

四个女孩，四把禁闭椅。

石凤英囚禁四名女孩，让她们在禁闭椅上坐了一个星期，每天喂她们吃"绿色钢管"。

　　石凤英惩罚她们的主要原因并不全是为了报复，而是不能让她们耽误女儿常玉的高考。石凤英认为校园里发生的暴力欺凌事件，即使报警了又有什么用呢？法律会对未成年人网开一面，造成轻伤才会构成刑事立案标准。警察顶多会对四名女孩教育一顿，连拘留都够不上，然后把她们放走。谁能保证这四个女孩回到学校不会继续变本加厉地欺负常玉，从而导致常玉高考落榜？

　　石凤英日日夜夜受着煎熬，这种煎熬来自对女儿的想念。

　　她已经出狱，却忍住不去见女儿一面，这需要强大的克制力。整个计划煞费苦心，都是为了女儿。她只想给女儿营造一个安静有利的高考环境，不去打扰她，不让她分心。

　　一个星期下来，坐在禁闭椅上的四个女孩的精神已经恍惚，有些神志不清。

　　石凤英解除了禁闭，为了控制四名女孩，防止她们逃跑，石凤英逼迫她们吃下一根鱼线。四个女孩被一根鱼线穿过身体，石凤英只需要轻轻地扯动一下，四个女孩的五脏六腑都会异常难受。这种鱼线穿人的惩罚办法是她在狱中听某个女犯提到的。

　　社会姐颜宝蓝，这个桀骜不驯的女孩被制得服服帖帖，石凤英给过她一个机会。

　　石凤英说："你不是挺能打架吗？你别不服气，你和我打一架，打过我，我就放你走，打不过，你就得乖乖地在这儿听话。"

　　社会姐瞪着她，一副不服气的样子。

　　石凤英说："我在监狱里见过的坏人比你这辈子见过的还多，打架有什么了不起，我还杀过人呢。"

社会姐不说话了，她知道自己不是对手。她能看到石凤英眼中的愤怒，愤怒是一种可怕的力量。

石凤英买了一些学习材料、套题试卷，要求她们每天五点半起床开始复习功课。

对于厌恶学习的孩子来说，强制和逼迫学习也许是最严厉的惩罚。

石凤英偶尔会买来一些便宜的水果，用来改善生活，或者奖励学习比较刻苦的女孩。

社会姐对学习比较抗拒，时常被罚坐禁闭椅。

宋蔷薇的态度是敷衍，只是装作学习的样子。

大扎妹顺从和接受。

徐梦梦竟然喜欢上了学习，还主动要求石凤英买来了《五年高考三年模拟》。

石凤英牵着四个女孩在午夜游街，故意让路口的摄像头拍下，这么做的原因是让人看看，这就是欺负别人的下场。

四个女孩多多少少有了点斯德哥尔摩综合征，她们已经变得服从，很听话，甚至从心理上对石凤英产生了依赖感。这说明，人是可以被驯养的。

有句话这么说：

如果你每天给他一元钱，一天不给，他就会恨你；

如果你每天打他一巴掌，一天没打，他会跪谢你。

第二次午夜游街，石凤英没有让徐梦梦参与，因为这个女孩对石凤英说了一句话：我想高考。

石凤英动了恻隐之心，她也确实产生过提前释放徐梦梦让她参加高考的想法，然而又否定了，如果徐梦梦报警，警方在高考前夕调查女儿，那么她所做的一切就会毁于一旦。

石凤英对徐梦梦说："你好好学习吧，可以复读一年，明年再参加高考。"

高考结束的当天，石凤英弄断那根鱼线，把四名女孩释放了。四个女孩被囚禁了一个多月，过着地狱般的生活，分别时刻，她们竟然对石凤英有些不舍，一个个心怀感激。看着街上的人来人往，她们有一种恍若隔世的感觉，分不清是现实还是梦境。

石凤英去菜市场买了菜，回家的路上拨打了投案自首的电话。

她想在警方到来之前给刚刚高考结束的女儿做一顿饭。

常玉见到妈妈，意外又兴奋，像小孩似的跳起来搂住妈妈的脖子。

常玉说："妈，你啥时候回来的，你咋不提前告诉我啊？"

石凤英说："你这不是高考嘛，怎么能让你分心，对了，你考得怎么样？"

常玉说："我考得不错，那些大题我都会，我觉得至少能过二本分数线，我有信心。"

石凤英说："考完多累啊，你去卧室休息一下，妈给你做饭去。"

警方接到石凤英投案的电话，根据她提供的地址，郝局长亲自带队，率领十几名全副武装的警察，前往石凤英的家。包斩敲响了门，门一共有两道，外面是简易的防盗门，应该是自己焊制的，还带有旧纱窗，里面是一道木门。石凤英打开内门，她系着围裙，手里还拿着锅铲，隔着防盗门纱窗，她看到了楼道里站着的警察。

石凤英的语气从容不迫，她说道："你们等一下好吗？我给孩子做好饭，就跟你们走。"

警方完全可以拒绝这个要求，甚至可以破门而入。但孩子在家，警方并不想当着孩子的面逮捕她妈妈，既然她选择投案自首，还是希望她自己走出来。

小若黎在旁边小声说道："我们就等一会儿吧，她又跑不了。"

包斩点了点头，表示同意。

郝局长说："行，给你几分钟时间。"

石凤英说："谢谢你们。"

石凤英回到厨房，手忙脚乱地炒菜，香味四溢，很快，一道宫保鸡丁盛到了盘子里。

石凤英解下围裙，这是离别的时刻，常玉还不知道妈妈为她所做的这一切。

石凤英很想对女儿说："孩子，不管发生什么事情，妈妈都会保护你，从现在，直到永远，直到妈妈死的那一天。"

然而，这些话并没有说出口。

石凤英对卧室的女儿喊道："小玉，吃饭啦，妈妈做了你最爱吃的菜，快来吃饭吧！"

这一声呼唤，无论是在城市里下过雨的胡同还是在炊烟弥漫的山村，无论是对玩耍的孩童还是对归家的游子，都能够穿越几千公里的峰峦叠嶂以及几十年的旧日时光，直达心灵深处，这是世界上最美妙的声音。

常玉在卧室里喊道："好的，妈妈，我们一起吃饭。"

石凤英说："你先吃吧，我有点事得出一趟门，很快就会回来。"

石凤英很想拥抱一下女儿，然而她只是走到卧室，摸了摸女儿的头，什么话都没有说。

随后，她走出家门，迅速地把门关上，她不想让女儿看到门外的警察给她戴上手铐的样子。

第二卷
大盗无形

拔萝卜的老汉，用萝卜给我指路。

——小林一茶

　　一个女孩回家的时候发现门口墙上画了个奇怪的图案，那是一个倒着的三角形。女孩以为是顽童的恶作剧，却没有想到儿童不可能画在这么高的墙上。几天后，三角形下面又有了一条曲线。又过了几天，出现了第三个和第四个奇怪图案，分别是公文包加三条斜线图案以及两个上下颠倒的T字图案。

女孩疑惑之下拨打了报警电话，警察说，这是小偷踩点时留下的记号。

三角形：单身女性。

曲线：内有恶狗。

公文包加三条斜线：已经偷过了。

两个T字：可以再偷。

四个图案，笔迹颜色不同，可以猜到这是两个小偷留下的，他们用同行才会明白的记号进行了交流。

第十六章 绝密档案

金库的钱一分没丢,
　　　囤积的黄金也没少,
　　不过丢了一样东西。

特案组办公室，白景玉办公桌上的红色电话机响了。

这种红色电话也被称为"红机"，是一种保密电话，只有高层领导才可以使用，非常神秘，在中国专指省部军级以上领导的专用联系电话，独立于电信系统之外，并且经过加密，通信网络与民用网络做了严格的隔离。

白景玉桌上的电话至少是副部级以上级别的人打进来的，接通电话，一向涵养很好的白景玉竟然发了脾气。

白景玉喊道："你把我们特案组当什么了？"

对方说着什么，白景玉说："不行，坚决不行。"

白景玉说："画龙是个人，不是什么东西！你想借就借。"

对方不依不饶，白景玉仔细聆听着，随后笑骂了一句，挂了电话。

白景玉把画龙叫到办公室，说道："军方指名道姓要借用一下你，帮忙侦破一起案子。"

画龙说："军方没人了是吧，竟然要求助于我们。"

白景玉说："我已经答应了，希望你不负众望。"

画龙说："这肯定是一起惊天大案，我的压力可不小啊。"

白景玉说："这是一起盗窃案。"

画龙说："小偷小摸的事，找我干吗呀？"

白景玉说:"画龙同志,请你严肃一些,这个案子非同小可,涉及国家安全和利益,一会儿他们会把档案转交过来,然后护送你赶赴案发地,在路上要保管好档案,一旦丢失或者泄密,你要负法律责任。档案的密级为绝密,除办案需要之外,只有公安部门副厅级以上的领导才有权阅读。"

画龙说:"说了这么多,还是一起盗窃案。"

封原市,出云山。

某市,该地区的主要工业区。一辆军车将画龙送进该市公安局,案件交接完毕之后,公安局各部门的负责人坐在会议室窃窃私语,一头雾水,因为案情处于保密状态,他们并不知道这个城市发生了一起震惊中南海的大案。画龙和公安局一把手赵书记走进会议室,画龙拎着个密码箱,一副手铐将箱子与画龙的手腕铐在一起,画龙坐在主席台,打开手铐,取出箱子里的案卷。

赵书记主持会议,先是介绍了特案组的辉煌战绩,然后请画龙发言,谈一下案情。

画龙说:"出大事了,你们都把手机关了,谁也不许拍照录像,案子需要保密,即使是家人也不能告诉。"

国安大队长说:"什么大事啊,我怎么不知道,是连环杀人案吗?"

坐在旁边的刑警大队长说:"我们这儿近期没有发生大案子啊。"

画龙说:"发生了一起盗窃案。"

治安大队长说:"盗窃案天天都有,至于这么重视吗?"

画龙说:"本市人民银行的金库被盗了。"

金库被盗,事态严重,这也是该市首次发生金库被盗案件,大家纷纷猜测失窃金额肯定非常巨大。

画龙说："金库的钱一分没丢，囤积的黄金也没少，不过丢了一样东西。"

画龙从案卷中拿出一张照片，举起来给大家看，照片上是一个长方形的看上去很精致的钢板，有百元人民币大小。

公安局各部门负责人见多识广，却没有人准确说出这是什么东西。

画龙说："这玩意可以让你成为中国首富，乃至世界首富，可以买一个国家，也可以毁灭一个国家。"

金库被盗的，是1999年版的第五套百元钞票模板！

1999年版的红色百元钞票已逐渐被2005年版和2015年版所取代，但目前市面上仍在流通。一张人民币从手工雕刻模板到印刷出厂要经过十多道工序，钞票模板体现了世界钞票原版雕刻领域闻名遐迩的雕刻凹印技术，这也是最关键的防伪技术。

这个模板即将退出历史舞台，由武警部队负责，将模板从印钞总公司运至央行保存。他们制定了押运方案，因为路程不远，选择了公路运输。

武警车辆走高速公路，途经封原市，因为天气，前方车辆连续追尾，高速公路封闭，他们被迫在封原市停留一晚，案发时模板临时存放在封原市人民银行金库的保险柜之中。

这个金库位于银行的地下二层，为了保证安全，金库包含数道措施严密的安防系统。

一、第一道是简易的铁门，进去后，通往金库的通道是倾斜向下的，没有楼梯，这是为了方便工作人员用推车运送现金。这个区域属于交接区，有现金清分室和保安值班室。白天这里人来人往，装满钱的布袋和箱子用推车运到清分室，各类昂贵的清分和捆扎设备都在这里。晚上现金入库，两名持有霰弹枪的保安在值班室守库。

二、金库的外门是精钢结构，想要开启，必须先由分管金库的银行领导按下指纹，再由两名库管员持不同的钥匙同时打开金库大门。这道门只要过了下班时间，就会启动"移动式报警系统"，一旦有人破坏或者开启大门，远程监控电脑上就会弹出警报：金库门移动报警！金库门移动报警！金库门移动报警！

三、进入金库后是一条地下通道，也被称为缓冲区域，二十四小时无死角监控，这个区域安装有防震防火防水的安全系统，墙壁地面以及天花板都由钢筋混凝土制成，内嵌钢板。

四、金库的内门和电影里的差不多，一道巨大的圆形门，门上有个旋转的密码转盘，刻着0到99共100个数字。要打开门，转盘必须被先后四次转动到正确的数字上，一共有一亿种可能的组合，密码正确才能把门打开。

五、进入金库后就是一排排大型的保险柜，每一个保险柜都有独立的密码和钥匙，并且安装有震动感应器，如果有人试图用任何方式破坏保险柜，例如用电钻或者撬击，震动感应器将会立刻发送警报给监控中心。

六、金库内红外报警系统和高清监视系统一应俱全，同时还有一套空气交换系统。

金库固若金汤，钞票模板存放在这里可谓是万无一失。
然而第二天，模板不翼而飞了。

盗窃手段之高明远远超出了想象，武警在检查了现场之后，发现盗贼在作案过程中几乎没有使用过暴力，大门也没有任何被破坏的痕迹，完全是按照正常的流程被打开的。在盗窃作案的整个过程中，金库内外的报警器和监视系统完全没有反应。

这简直就是一次完美的犯罪。

近年来，国内银行发生的金库盗窃案几乎全部是内鬼监守自盗的行为。

黑龙江某银行金库值守人员通过窥视取得金库密码，在网上寻找了一名同伙，此人网名"干大事的人"，两人里应外合，盗走金库三百万现金。

广西某银行干部被下调为普通职工，心怀不满，利用工作便利盗窃银行金库，出于同情，扔下二十万元给同事，未及逃跑便被抓获。

河北某银行，两名库管员合谋盗窃金库，涉案金额高达五千万元，令人哭笑不得的是，大部分钱都被他们买了彩票，曾一天投注现金上千万元。这也是中华人民共和国成立以来最大规模的金库盗窃案，行长与两名副行长被免职，两主犯被执行死刑。

钞票模板被窃，最初怀疑是内盗，但逐一调查银行人员，没有发现可疑之人。

银行只是应上级要求临时提供金库作为存放场所，被盗使得银行方面觉得冤屈。

负责押送的武警都是现役军人，按照规定，现役军人涉嫌犯罪警方无权调查。军方保卫部门承担侦破工作，查了一个月，无功而返，当时负责押送的武警也都排除了作案嫌疑。

案件层层汇报给高层，领导批示很简单，在案卷上用一句大白话和三个感叹号表达了愤怒：谁丢失的谁负责找回来！！！

军方保卫部门想起了一个人——画龙。

画龙是武警教官，有着军人的身份，并且是公安部特案组的一员，由他负责侦破此案最合适不过了。

画龙说："这个案子，不仅军方和警方高度重视，还有隐蔽战线特工部门暗中介入调查，这个钞票模板一旦落入境外不法分子手里，会造成什么后果？"

赵书记说："他们造的假钞也就成了真钞，整个国家的金融系统都会受到冲击。"

刑警大队长说："如果是盗窃分子设计了天衣无缝的计划，那他们怎么做到的？要知道，高速公路封闭以及将模板临时存放于金库都是很偶然的事情。"

画龙说："军方调查了一个月，认为这就是你们本地的小偷干的，这伙小偷不是一个人，而是一个团伙，他们的本意是盗窃金库，误打误撞把这钞票模板偷走了。"

治安大队长说："我们这儿的小偷可不少，不过敢偷金库的算是大盗了。"

画龙说："不管是大盗还是小偷，肯定会抓到的。我这次来还有个很重要的任务，就是在你们局里挑选一位警察加入我们特案组。"

赵书记说："怎么挑选啊？"

画龙说："比武！"

第十七章 **比武大赛**

我只想说，
　　　拳头才是坏人唯一能够听懂的语言。

画龙进行了动员，比武大赛采取自愿报名的方式。

画龙强调，市里的各公安分局、各派出所、政治处、内保队、经侦队、治安队、刑警队、网监队、交警队必须要有人参赛，至少派出两名选手，这次主要是为了选拔一名优秀警察加入特案组。

画龙激情澎湃地说："同志们哪，知道特案组是什么吗？全国顶尖的队伍，破获过多少大案要案！目前只有四名成员，是从全国警察中挑选出来的最牛的人。我也是其中的一员，这次比武大会的冠军，我将举荐他加入特案组。想想吧，等到自己老了，孙子坐在膝盖上，抬着天真无邪的小脸问：爷爷爷爷，你当警察时都干了什么？你可以这样回答：我加入了特案组，抓获了很多穷凶极恶的大坏蛋！加入特案组，这不仅仅是一种至高无上的荣誉，而且是要面对各种各样的变态恶魔，逮住他们，打倒他们，把恶魔踩在脚下，让他们吱哇乱叫，然后扔进地狱，那才是他们应该待着的地方！我也不会说为了正义、为了人民之类的话，我只想说，拳头才是坏人唯一能够听懂的语言。所以，你们要珍惜这次千载难逢的机会！"

一个警察举手问道："比武的时候有护具吗？"

画龙说："没有，我们是自由搏击大赛，面对歹徒的时候，我们难道也要先戴上海绵头罩，再戴上拳击手套，然后再和歹徒过招？我以前和一个叫黑皮的家伙光着屁股打黑市拳。身为警察，随时面对各种危险，不会点功夫怎么行？"

一个胖警察问道:"有年龄和体重限制吗?也分成轻量级和重量级的?"

画龙说:"看看你这肚子,跟孕妇有什么区别?怎么制服凶犯?我可不想在报纸上看到这样一条新闻:菜市场病猪肉小贩勇斗七八名警察。不好好练武,不强身健体,怎么打得过穷凶极恶的歹徒?怎么为老百姓伸张正义?"

另一名警察说了一句话,大家都笑了起来——"特案组工资多少啊?"

画龙说:"特案组成员是全国一百八十万警察队伍中最牛的警察,警察中的明星!你问钱,我真想揍你一顿。谁还有问题?"

一名女警问道:"女的也可以参加吗?是不是要分两个组,男子组和女子组?我想加入特案组呢。"

画龙犹豫了一下,想起牺牲的女警胡远晴,心中一阵刺痛。

画龙说:"不是歧视女性啊,女的就算了。这次只允许男的参赛,我也没想选拔一位女特案组成员。"

有警察问:"怎么打啊,是不是像世界杯那样,分成几个组,先产生八强,然后四强,最后争夺冠亚军?"

画龙说:"这么比赛的话,能拖到大年三十。我们什么都有,就是没有时间。所以,比赛方式简单地说就是群殴,一场定输赢。比赛时间是明天,回家准备一下,明天上午八点,比赛场地就是这个篮球场。"

第二天,画龙担任裁判,吹响哨子,比武大会开始了。

画龙还让人做了一条红色横幅,挂在篮球场边,上写着:封原市首届警察自由搏击大赛。

比赛场地就是这个篮球场,规则也很简单:

第一，倒地不起的算输。

第二，怯场、逃跑、跑出篮球场边线的算输。

第三，最后站在这个篮球场上的人就是冠军。

一共有近三十名警察报名参赛，有的匆匆而来，甚至穿着警服和皮鞋上场；还有的穿着格斗短裤，光着上身，看上去很专业；大多数警察都穿着运动服和球鞋，像是来参加田径运动会。场外还有亲友团助威，不时传来某某加油的喊声。比赛开始后大家都有点拘谨，谁也不好意思第一个动手，熟识的警察嬉皮笑脸地互相打招呼。

画龙大声喊道："打啊，你们还等什么呢？"

一名警察跃跃欲试，率先踢了一脚，引爆了混战。

斗殴场面非常混乱，和街上的痞子打群架没有什么区别。场上的人自觉分成了两派，交警和公安局其他部门干警。交警非常团结，抱团作战，其他部门的干警成了一盘散沙，有些难以抵挡。一阵拳脚互殴，追缠厮打，仅仅过了五分钟，场上只剩下十人。一些人脸上挂了彩，跑出场外接受治疗，更多的人自愿放弃比赛，觉得自己不是这块料。

画龙很失望，对赵书记说："这，这打得也太文明了，早知道让他们上场前都喝点酒了。"

赵书记有点尴尬，心里隐隐觉得组织警察打架有点不妥，只是不好反驳画龙。

画龙说："看那小子，真是够阴的，脚上居然穿了一双军靴，靴子里有钢板，踢人够疼的。"

赵书记讪笑着附和了几句。

画龙又说:"看那边,那矮胖子是谁啊?打架够猛的,身边还有个瘦高个儿,两人是朋友吧。"

上场之前,瘦高个儿和矮胖子就商量好了,让别人先群殴,自己保存实力,最后坐收渔翁之利。没想到,矮胖子一上场就热血沸腾,直接冲到人堆里,见谁打谁,毫无惧色,瘦高个儿只好在旁边协助他作战,两人进退有序,成了一个组合。

场上只剩十人,除了瘦高个儿和矮胖子,剩余八人都是交警,其中还有一名副队长。

交警副队长是一名退伍兵,曾在野战部队服役,他成了场上的临时领袖,副队长指挥道:"我们八个围住他俩,往边角那边围,不要打,直接推出场外。按照规则,只要出了场地就算输。"场上形势对两人很不利,二打八,胜算不大。八名交警成扇形包围过来,两人站在篮圈下,已经无处可逃,只能背水一战。

矮胖子问道:"怎么办?"

瘦高个儿回答:"拼了,先打领头的,我们俩不要分开,一起往中间冲。"

瘦高个儿抓住上方的篮圈,身体腾空,踹倒最近的两名交警。矮胖子生就一身蛮力,像一枚炮弹似的冲了过去,直接用头撞翻副队长,顺手又拽倒一人。瘦高个儿紧随其后,一脚踢中副队长的肋骨。副队长倒地惨叫,其他交警一看最能打的副队长已经失去了战斗力,心理防线瓦解。失去了指挥,其他人无心恋战,这也导致了败局。矮胖子与瘦高个儿边冲边打,拳打脚踢,令人眼花缭乱。矮胖子主攻下路,频繁用脚,踹踢抱摔,瘦高个儿利用身高臂长的优势,拳打肘击,两人配合得天衣无缝。看得出来，两人都受过专业的格斗训练，瘦高个儿练习过泰拳，站立式搏击很强，矮胖子学过巴西柔术，不断使用关节技和绞杀技，占得上风。最终，他们以两人之力，打败了八名交警。

画龙禁不住鼓掌，问道："这两人是谁啊？"

赵书记说："我也不认识他俩，平时没见过啊。"

这两人，一个叫胖虎，一个叫瘦强，都是协警，火车站派出所招聘的临时工，并不算正式警察。平时抓赌抓嫖，制伏醉汉，练就了近身格斗的本事，再加上他们平时就喜欢研究自由搏击，这哥俩唯一的爱好就是去健身房锻炼身体，所以这次警察比武大会上两人出类拔萃，一下脱颖而出。

画龙说："好，现在就你们俩了，你们决一胜负。"

胖虎说："不行，我不能和他打。"

画龙说："为啥？"

瘦强说："因为我是他哥。"

胖虎说："我俩是双胞胎，是亲兄弟。"

画龙仔细打量了一下，有些惊讶，随即捧腹大笑。这一对双胞胎，长相可是天壤之别，一个又高又瘦又黑，一个又矮又胖又白。有的双胞胎的长相确实不一样。画龙觉得，让亲兄弟打架是强人所难，有伤情谊，他当场宣布，瘦强和胖虎双双夺冠！

没想到，两人却表示自己并不想加入特案组，而是提出了别的要求。

胖虎说："画龙大哥，我们兄弟俩想拜你为师。"

画龙想："这小子是不是脑子少根筋啊，既然喊我大哥，怎么还提出拜师。"

胖虎说："我们一直很崇拜你。"

画龙说:"为什么要拜我为师啊?"

瘦强说:"我和弟弟打听过谁是中国最牛的警察,不止一个人和我说过你。现在我们终于见到真人了,你收下我们吧。"

胖虎说:"如果能拜你为师,真是让我蓬荜生辉,含笑九泉。"

瘦强小声嘀咕:"不要乱用成语。"

胖虎说:"师傅,我们哥俩不想加入特案组,就想拜你为师。我们俩去公安部找过你,人家没让我们进,我们俩还有你照片呢。"

瘦强说:"我们并不是你的狂热粉丝,而是想成为你这样的人,做个顶天立地的男子汉,惩恶扬善,除暴安良。"

画龙怒道:"我现在没有收徒弟的打算,别得寸进尺,给脸不要脸啊。"

比武大会不欢而散,画龙有点犹豫,要不要推荐这一对活宝加入特案组。赵书记也劝他慎重考虑一下,档案显示,瘦强只有高中学历,胖虎连初中都没上完,两人不属于在编警察。自从担任协警以来,两人劣迹斑斑,上班喝酒、下班赌博、违规使用警车、非法使用警械……协警很难转正,除非参加招警考试,而这两人的学历想要通过考试比登天还难。

画龙笑道:"这两个家伙很像当年的我啊。"

赵书记刚想义正词严地批评几句,听到画龙这么说,只好闭嘴。

画龙问道:"他们就没什么优点吗?"

赵书记说:"倒是有群众送过锦旗,这哥俩救过一个落水儿童,所以没有开除他俩。"

第二天,两人就被派出所开除了,原因是他们打了派出所的一位领导。

第十八章 名师高徒

三天之内,
你们给我提供一条破案线索,
我就收下你们做我的徒弟。

瘦强和胖虎回到车站派出所，闷闷不乐。

协警平时的工作，用一句话来说——什么活都干。巡逻防暴、抓嫖抓赌，就连查酒驾、扶老太太过马路、清理电线杆诈骗广告之类的工作有时也要去做。有人说协警就像那驴粪蛋子，表面光洁，看上去像警察，其实只是临时工。

有一次，一只疯狗在街上咬了人，据说这只狗患了狂犬病，没有人敢靠近，派出所领导说：让瘦强和胖虎上嘛！兄弟俩赤手空拳制服了恶狗。

领导拿着茶杯，悠闲地来到协警值班室，屋里弥漫着难闻的怪味，这个值班室是由派出所的旧车库改造的，隔三岔五就有闹事的醉汉被协警抓到这里来醒酒，地面总是湿漉漉的，醉汉呕吐留下的味道经久不散。

领导皱了皱鼻子，随即笑了，对瘦强和胖虎说："你俩真以为能加入特案组吗？"

瘦强和胖虎很讨厌这位领导，谁也没有理他。

领导继续打趣说："还想拜师，别做梦了。"

胖虎窝着火，想要发作，瘦强打手势，示意他别冲动。

领导说："走着瞧吧。你俩别忘了自己的身份，协警，临时工。"

胖虎说："哥，揍他吧，揍他个小舅子，反正我是早就想揍他了。"

兄弟俩忍无可忍，把这位领导暴打了一顿，因此被派出所开除。

画龙听闻此事，叫来兄弟二人，他笑着说："现在敢打领导的人可不多了，你俩很有我当年的风范。接下来，你俩有什么打算？"

瘦强说："我们想开一家武馆，教小孩子自由搏击，让他们从小不被人欺负。"

胖虎说："我还是想拜您为师。"

画龙笑着说："做我的徒弟可没那么容易，我先考考你们。"

哥俩都立正站好，心里喜出望外，又有点忐忑不安。

画龙说："考试呢，分为文考和武考，你们俩的那三脚猫功夫我已经见识过了，也就那么回事，我要对你们进行的是文考，我出一个试卷，你们来做，我看看能不能考过。"

画龙叼着烟，本来想写下几道题，有些字却感觉生疏，索性把纸揉成一团扔到垃圾篓子里。他说道："我就这么直接问吧，你们回答。"

瘦强和胖虎很紧张，自从离开校园之后，两人已经对考试很陌生。

第一道题，你们俩喝酒吗？

兄弟俩异口同声回答："喝。"

画龙点点头说："男人不喝酒，那还是男人吗？那是老娘们。"

第二道题，你们骂人吗，平时说脏话吗？

瘦强说："我必须诚实回答，说。"

胖虎说："反正我常常说脏话，我出口成章。"

第三道题，你们哥俩如果正在举行婚礼，但是突然接到了出警通知，怎么选择？

瘦强说："结婚这么重要的事我怎么可能跑掉，我当然不会出警。"

胖虎说:"和我哥一样。"

画龙说:"对啊,我以前当过一星期领导,上任没几天,辖区出了一起纵火案,有个批发商场被烧了。所有警察忙得团团转,请假的警察也被召回,其中有个人本来在医院陪护生病的父亲,也回来了,我当场骂了他一顿。傻啦唧的,自己亲爹都不照顾,跑来干什么,领导让回就回来啊?我就看不惯这种社会风气,还有带病上班的,有什么值得表扬的?这种人就该骂,自个的身体都不重视,能重视别人?"

胖虎和瘦强点头赞同。

画龙说:"我对你们的回答基本满意,不过呢,你们得证明下自己不是酒囊饭袋。"

瘦强和胖虎问道:"怎么证明?"

画龙简明扼要地讲述了一下案发的经过,只是没有告诉他们丢失了什么东西。画龙说:"我来就是为了破这个案子,银行的金库被盗了。三天之内,你们给我提供一条破案线索,我就收下你们做我的徒弟。"

画龙部署警力,分三个方向全面展开侦查:

1.银行金库的摄像头没有拍下窃贼行踪,因为当时银行所在的整条街道停了半小时电,军方曾经进行过调查,但没有任何收获。当时,供电部门没有下发停电通知,这说明很可能是窃贼所为,画龙要求对停电事故再次展开深入的调查。

2.全市开展打击"两抢一盗"犯罪专项行动,简单说,重点就是抓小偷,对落网的不法分子加强审讯,从中筛选发现破案线索。

3.清查全市的假币,成立反假币工作室,公安与银行联合对收缴的假币进行检测，分析研究假币伪造手法以及规律特点，对市面上最近流通的假币要格外重视，尽可能地追根溯源，顺藤摸瓜，找到假币制造窝点。

这些都是常规的侦破手段，瘦强和胖虎则一筹莫展，无计可施，因为现在他们连协警也不是了，想要寻找破案线索，如同大海捞针。他们去请教一位老协警，从他那里打听到一个人，据说此人或许能够提供帮助。

瘦强说："有枣没枣打一竿子吧。"

胖虎说："走，我们去三顾茅庐。"

这个人名叫大爪，因为他的手特别大，如同蒲扇，一巴掌能抽得人昏过去。早年，因犯故意伤害罪被判有期徒刑一年六个月。那时候，他逛庙会时钱包被盗，他盯了三天终于逮住了那小偷，只抽了两记耳光就造成了轻伤，小偷耳朵流血，几近失聪，他也因此入狱。刑满释放后，大爪纠集几名狱友，干起了黑吃黑的行当。

世间的职业有三百六十行，大爪的职业就是抓小偷，抓住以后再强取豪夺。全市的小偷盗窃的赃款赃物，大爪都要从中分一杯羹。小偷不会报案，遇到大爪只能自认倒霉，乖乖上交盗窃所得，有的小偷甚至每月主动上交保护费，大爪也算是本地黑道上的一个人物。

大爪有个规矩，凡是落在他手里的小偷，只要掰手腕能胜过他，他就分文不取。

大爪力大无穷，在监狱里的时候，犯人之间举办过掰手腕大赛，大爪是冠军，这些年从未遇到对手。

有的小偷自不量力，鼓起勇气上前挑战。大爪的手将对方的手握住，就像握着小孩子的手，只轻轻一扳，就把对方的手按在了桌上。

瘦强和胖虎在一个修车铺子里找到大爪，两人都穿着协警制服。

大爪坐着慢悠悠地喝茶，手里拿着个紫砂小壶，身后站着几个凶神恶煞般的人。

瘦强的态度很诚恳，说："我们是车站派出所的，想找你帮个忙。"

大爪斜着眼打量瘦强，问："找我？帮什么忙？"

瘦强说："全市的小偷、盗窃团伙啊什么的你都熟，就是想问问，都有谁能开保险柜，比如银行的那种保险柜。"

大爪说："我帮不上你们，我和你们这些条子没什么好说的。"

瘦强说："这样吧，我让我弟弟和你掰手腕，赢了，你就告诉我，输了，我们走人，再不找你麻烦。"

大爪身后站着个赤膊文身壮汉，一直在用眼神挑衅，还往地上吐唾沫，文身壮汉上前说道："找谁麻烦，怕你啊？"

胖虎说："哥，你看看他那熊样，我要不要先和他打一架，再掰手腕。"

瘦强说："别误了咱们的大事。"

瘦强用话激大爪："听说你掰手腕挺厉害的，没想到，你怕了，竟然这么尿。"

大爪猛地放下茶壶，说道："来。"

胖虎和大爪坐在桌前，两人的右手握在一起，肘部立在桌上。大爪很自信，本以为一下就能分出胜负，没想到连扳几次，胖虎的手竟然纹丝不动。胖虎力大无穷，还特别能吃，吃饺子能吃三斤，吃茶叶蛋能吃四十个，吃一百串烤羊肉串还不饱。可是这次他来之前并没有吃饭，有那么一会儿，胖虎的手腕被大爪扳下去一点点，但很快就扳了回来。大爪这次算是遇到了对手，两人势均力敌，僵持期间，两人手臂上青筋毕露，胖虎额头上渗出了汗，大爪脸上带着笑意。时间一点点流逝，半小时过去了……一小时过去了……整整两个小时，两人难分胜负。这期间，瘦强不断给胖虎擦汗，还点着香烟让胖虎叼着；大爪则表现得很轻松，午饭时，他左手拿着个肉夹馍狼吞虎咽地吃完了，右手始终没有松懈。

胖虎说："哥，我也想吃肉夹馍。"

瘦强对胖虎耳语道："你趁他打嗝的时候，使劲。"

大爪有点噎得慌，不出所料，他打了个响嗝。胖虎抓住机会，大喊一声，使出了全身的力气，猛地一扳，大爪的嘴角抽搐了几下，手一点点向下，直到被压在了桌上。

大爪输了，心里对胖虎生出敬意，他表示，自己平时接触的都是一些小偷小摸之徒，商场里盗人手机、公交车上夹个钱包、大街上偷电瓶车之类的贼，能开保险柜的算是大盗，这种大盗并不多见。

瘦强问道："开保险柜的大盗虽然不多，你总有认识的吧。"

大爪无奈地摊开手，也不说话。

瘦强说："你既然输了，就得告诉我们，哪怕只有一个。"

大爪歪着头想了想，说道："好，那就告诉你们一个人。这个人，谁也不知道姓什么、叫什么、多大岁数、长什么样，人家都叫他贼王……"

第十九章 贼王传说

盗窃银行金库的事有可能就是这个贼王干的，贼王重出江湖了。

十几年前，市博物馆举办了一次画展，主要展出的是省书画协会十几位画家联合创作的"水浒一百单八将"画像。市民对此兴趣不大，参观者不多，博物馆门可罗雀。

有一天，博物馆接到一个电话，对方开门见山，自称是一个小偷，想借一下"梁山好汉画作"系列中的《时迁盗甲图》。

博物馆工作人员回答："不借，你有病吧？"

那人在电话里说："既然不借，我只好去偷了。"

工作人员调侃道："好啊，你什么时候来偷啊？"

那人说："三天之内。"

博物馆工作人员以为这只是个恶作剧，馆长对此却很重视，加强了安保措施。

有好事的电视台记者报道了此事，一时间满城风雨，传得沸沸扬扬，不少市民拥至博物馆，对那幅时迁画像产生了兴趣。

市民甲说："小偷偷这幅画干吗呀？"

市民乙说："时迁可是小偷的祖师爷。"

市民丙说："现在的小偷也有文化了，附庸风雅。"

市民丁说："你们觉得这小偷能偷走吗？我看够呛，吹吹牛吧。"

展厅内遍布保安，每一个人都配备了警棍。时迁画像上加装了玻璃罩，有市民敲击玻璃，信誓旦旦地说，这玻璃肯定是防弹的。两天过去了，小偷并没有出现，人们有点失望，觉得这小偷肯定是不敢来了。

第三天，中午的时候，展厅内烟雾四起，触发了火警。

众多参观者惊慌而逃，掩着鼻子拥挤在出口处，差点发生踩踏事故，待到人群疏散，展厅的保安发现，那幅时迁画不见了……

瘦强说："这小偷也没什么了不起啊。"

胖虎说："就是啊，这点本事可算不上贼王。"

大爪说："故事还没完呢，听我往下讲。"

小偷趁乱盗走了那幅画，市公安局的一位副局长震怒，听闻此事当场摔了杯子。副局长对电视台记者表示，会在一个月之内将盗贼抓获，把被窃画作归还博物馆。警方向社会发布了悬赏通告，让群众提供破案线索。

第二天，有人拨打了悬赏通告上的警方电话。

那人说："让你们副局长和我说话，我知道是谁偷的画。"

副局长说："说吧，是谁？"

那人说："你们别找了，我就是那个小偷，过些天我就把画还回去。"

副局长说："如果是你干的，你就投案自首，还能争取个宽大处理。"

那人说："我可不想进监狱，你们还是放我一马吧。"

副局长说："自古以来，邪不压正，你跑不了，早晚抓住你。"

那人说："这样吧，我和你打个赌。"

副局长说："你想干吗？"

那人说:"三天之内,我偷走你身上的一样东西,你就放过我。"

副局长说:"什么东西?"

那人说:"你穿的警服。"

副局长怒道:"你要是能偷走我的警服,我引咎辞职,这局长不干了!你要是偷不走,就来自首。"

那人说:"好,一言为定!"

故事到这里,流传有两个版本。

一、局长在街上被洒水车弄湿了衣服,他脱下警服锁进办公室的保险箱,防备小偷窃走,没想到小偷胆大包天,半夜潜入局长的办公室,打开保险箱,还是盗走了衣服。

二、局长家失窃,小偷翻箱倒柜,盗走了局长以前穿过的旧警服。整个盗窃过程神不知鬼不觉,并未惊动熟睡的局长妻子和女儿,防盗门没有损毁的痕迹,窗户安装有防盗网,人们搞不懂小偷是如何入室盗窃的。

总之,小偷把那幅时迁画神不知鬼不觉地又放回了博物馆的展位,玻璃罩上的锁完好无损,玻璃罩里面除了那幅画,还有一件警服。警服上有副局长的警号。副局长深感震惊,又羞又怒,急火攻心,竟然突发脑出血住进了医院,治疗半个月后不幸去世。警方始终没有抓获这个小偷,城市的街头巷尾开始有了贼王的传说,每个市民在讲述的时候都添油加醋,贼王成了这个城市的传奇……

瘦强和胖虎将这个故事又讲给了画龙。

胖虎说:"盗窃银行金库的事有可能就是这个贼王干的,贼王重出江湖了。"

瘦强说："这个贼王目前下落不明，我们打算进一步调查。"

画龙说："敢盗银行金库的肯定不是凡俗之辈，小偷小摸的没这个胆量，也没这个本事，不管是不是这个贼王干的，你们给我找到他。"

瘦强说："我们现在连协警都不是了，出去办案，名不正言不顺。"

胖虎说："是啊，要给我们一个身份。"

画龙说："真拿你俩没办法，好吧，我就收你俩为徒，并且聘请你们做我的助理。"

瘦强和胖虎欣喜若狂，叫了一声师傅，扑通跪倒在地，连磕了三个响头。

收徒仪式上，画龙邀请了本地武术协会的领导，还有几位德高望重的拳师，例如八卦掌传人、北派太极宗师、混元五行拳掌门。瘦强和胖虎正式递帖拜师，先行礼，后献茶，画龙端坐椅中，讲了本门规矩以及祖师训诫。

画龙说："当初，授业恩师是这样对我说的：画龙，你为什么学武？我说，我要打坏人。师傅哈哈大笑，连声说好，随后挥毫泼墨，写了十六个字赠送给我：扶危济困，惩恶扬善，见义勇为，保家卫国。这十六个字，你们也要铭记在心。学武是为了什么？面对坏人的时候，其他人都可以逃跑，但是我们要迎面而上。"

瘦强和胖虎恭敬聆听，再次磕头。

仪式之后，撤掉香案，摆上酒席，赵书记举杯庆贺画龙收得高徒，几位有名望的拳师也纷纷敬酒，三巡过后，众人都有些醉意。赵书记问及传统武术是否具有实战性，学武之人难免争强好胜，几位拳师开始吹嘘本门功夫如何厉害。

北派太极宗师说:"中国武术,博大精深,太极拳以柔克刚,四两拨千斤,太极拳自古以来就具有实战性。"

胖虎心直口快地说:"我觉得太极拳就是花拳绣腿,公园里的广播体操。"

瘦强也附和道:"太极拳这么厉害,那为啥国际比赛上没有太极拳高手参加啊,什么K1、MMA这些重大比赛,我们中国人都没获过奖,应该正视中国功夫的落后,它真没有电影里那么厉害。"

北派太极宗师说:"太极讲究修身养性,不愿争名夺利,就连民间也有高手,高手一般不会轻易出手,出手必伤人,重则毙命。"

瘦强说:"我更相信物理和科学,相信力量与速度。"

胖虎说:"四两拨千斤,你拨我一下试试,我也就不到二百斤。"

北派太极宗师说:"好,你来推我!"

二人离场走到空地,摆好姿势,太极宗师站好弓箭步,让胖虎双掌放在他的肚子上,他两手放在胖虎的肘部。场面充满了火药味,太极宗师喊了一声开始。胖虎使全力去推,这太极宗师竟然没有后退半步,僵持了一会儿,太极宗师一个闪身,借着胖虎的力量将其甩了出去。

太极宗师抱拳,微微一笑,说道:"承让。"

瘦强觉得很奇怪,他知道弟弟的力气很大,但竟然推不动这人。

画龙见多识广,对瘦强轻声说:"你去推他,别让他碰你的胳膊肘。"

瘦强立刻领悟,上场比试,太极宗师依旧站好弓箭步,未等他要求瘦强摆好姿势,瘦强只用一只手,从侧面发力,猛地推向太极宗师的肩膀,太极宗师重心不稳，踉跄了一下，摔了个屁股蹲。这个姿势很不雅观，太极宗师满脸通红，不知道说什么好。

这只是一种雕虫小技。

胖虎虽然力大，但是被太极宗师控制了双肘，无法发力，所以推不动他。

太极宗师尴尬离场，八卦掌传人和混元五行拳掌门见势不妙，也起身告辞，担心画龙刚收的两个徒弟要找他们切磋武艺。

赵书记心想，自从这个画龙来了之后，局里可谓是鸡飞狗跳，不得安宁，这家伙先是组织一群警察互相打架，还美其名曰第一届自由搏击大赛，简直是胡闹，两个协警临时工成了宝贝徒弟……瞎折腾了这么久，案情还是毫无进展。

赵书记说："画龙警官现在有了两位高徒相助，可谓是如虎添翼，金库被盗案，指日可破。"

画龙说："你答应我三件事，这个金库被盗案包在我身上。"

赵书记说："哪三件事？"

第二十章 小偷披风

这个小偷一年四季都穿着大衣或者风衣，
走路带风如国际名模，
所以得了个披风的外号。

画龙说:"第一件事,我现在有了两个助手,需要一间办公室。"

赵书记说:"我会尽快安排。"

画龙说:"赵书记,你的办公室就很不错,我借用几天,你不介意吧?"

赵书记说:"我当然不介意,为了破案,我们会创造一切有利条件,一间办公室算什么。只是,我办公室太杂乱了,可以给你收拾出一间更大的用来办公,比我那个好多了。"

画龙说:"我就喜欢你的办公室,你去别的地方办公吧。"

赵书记说:"那……好吧。"

画龙说:"第二件事,我这俩徒弟有点屈才了,他们俩绝对算得上精兵强将。"

赵书记说:"画警官慧眼识珠,名师出高徒,这小胖和小瘦日后必成大器。"

画龙说:"他俩现在根本没法指挥调动干警,怎么帮我破案?要不,让他俩当个协警队长吧,副队长也行,起码手底下有几个人,也好干活。"

赵书记额头上开始冒汗:"这个……这个,我也做不了主,需要局里开会讨论一下。"

画龙说:"特殊情况,用人机制也适当地调整一下嘛。"

赵书记为难地说:"这个……跨度有点大啊。"

画龙说:"我觉得,他俩可以当个协警队长,帮你管理下局里的这些协警。放心，只是暂时的，破案后我带他们离开，他们是我挑选的特案组预备人选。"

赵书记说："就当一段时间？过后就走？"

画龙说："我们不会赖在这里的。"

赵书记说："那好吧，我答应你。你说，第三件事。"

画龙说："第三件事，就是等待，没有什么事不要打扰我们。"

想要有个结果，必须先等待花开。

想要赏雪，必须得等待冬天的到来。

画龙和两个徒弟整天待在训练室里，交流搏击格斗技术。瘦强和胖虎都是学武奇才，天赋很高，如今遇到名师指点，进步神速。训练室里传来踢打沙袋和拳击手靶的声音，赵书记听到之后直摇头叹息。

半个月后，案情有了进展。

公安与银行联合成立的反假币工作室，注意到市面上最近出现了一种新的假币。一位专家介绍说，目前流通的假币类型主要是台湾版假币、朝鲜版假币以及早期的潮州版假币。其中，朝鲜版假币仿真度最高，而最新出现的这种假币仿真度明显高于朝鲜版，无论是色泽、声音、手感与真钞没有区别，肉眼较难辨别。

专家拿出两张最近收缴到的百元假币，让画龙和赵书记看。

赵书记仔细观察，这假币和真钞几乎没有任何区别。

专家说："唯一的区别是冠字号，也是人民币上的编码，可通过查询验证真伪，其他的都和真钱一样。"

画龙说："这假币能过验钞机吗？"

专家说："不仅是普通的验钞机，就连银行的存款机都能骗过，这两张假币是有人在银行的存款机汇款时被我们发现的。"

赵书记说："找到存款的这个人，查明此人身份。"

通过银行的摄像头可以看到此人长得贼眉鼠眼，尖嘴猴腮，头发卷卷的、乱糟糟的，穿着风衣，即使是在存款也左看右看，一副鬼鬼祟祟的样子。此人残疾，只有一只手，这使得警方缩小了查找范围，很快搞清楚了他的身份。

此人名叫李海飞，外号披风，曾因盗窃被警方多次打击，三次入狱，留下了案底。

这个小偷一年四季都穿着大衣或者风衣，走路带风如国际名模，所以得了个披风的外号。

小偷披风几乎什么都偷，在他的盗窃生涯中，有三起案子值得一提。

市人民公园以及七一广场有很多铜铁雕像，一夜之间不翼而飞，被人偷走了。曾有目击者看到几个工人穿着"路政施工"的服装，开着一辆印有"城市综合管理"字样的皮卡车，还有一辆起重机，把这些铜铁雕像连根拔起，然后吊起来放上车，扬长而去。

小偷披风即是几名"路政工人"之一。

城管得知此事，怒道："冒充我们作案，这是往我们城管身上泼脏水啊！"

小偷披风还用同样的方法盗窃过小区里的健身器材，当废铁卖掉。

有同伙讽刺说:"我们和偷井盖的有什么区别啊?"

小偷披风也觉得耻辱,于是开始盗墓,不过他盗的并不是王侯将相墓中的陪葬品,而是普通百姓墓葬的棺材。有些棺材是用花梨木、黄杨木、柏木制成,最为名贵的要数金丝楠木。近年来人们流行佩戴手串,这些老木料供不应求。

小偷披风的另一杰作是盗窃了几百米水泥路。

郊区农村有条偏僻的水泥路,已经使用了数年,有一天,村民发现,几百米的水泥路面竟然被掘碎挖走。村民报案说:"我们的路没了。"民警问道:"鹿,什么鹿,你们村里养了鹿?"村民说:"就是我们平时走的路啊,脚底下的路,敢问路在何方的路。"办案民警惊呆了,这是什么世道啊,竟然有人连路都偷。小偷披风落网之后供认,某一天,他突发奇想,雇用了挖掘机和卡车,将那条水泥路面挖掉,当渣石卖给了石料厂。

办案民警问道:"为什么要做小偷?"

小偷披风说:"没有钱了肯定要做啊,不做没有钱用。"

办案民警说:"你怎么不去打工?"

小偷披风说:"打工是不可能的,这辈子不可能打工的,做生意又不会做,就是偷东西才能维持得了生活。"

办案民警问:"那你觉得家里好还是看守所好?"

小偷披风说:"进看守所的感觉像回家一样,我一年都不回几次家,大年三十晚上我都不回去,就平时家里出点事,我才回去看看这样子。在看守所里面的感觉比家里面感觉好多了,在家里面一个人很无聊,都没有朋友、女朋友玩,进了里面个个都是人才,说话又好听,超喜欢在里面。"

小偷披风出狱之后依旧不务正业，平日里嗜赌如命，欠下了一屁股高利贷。不过他最近似乎有钱了，那两张假币就是他给债主汇款时发现的。警方觉得此人有可能和金库被盗案有关，决定在他平日里出没的赌场守株待兔。

画龙、瘦强、胖虎伪装成赌徒，在赌场里等待小偷披风的出现。

这个赌场位于一条狭长小巷的尽头，是一栋老旧的二层小楼，长满了爬墙植物。巷口有人望风，楼门的铁栅栏有人把守，楼后是河滩，便于逃跑。这个赌场开设多年，从未出事。

开设赌场的人姓杜，别人都叫他杜老大。

杜老大是个传奇人物，在本地黑道上赫赫有名，此人一言九鼎，说到做到。他长得白净瘦弱，戴一副金丝眼镜，看上去文质彬彬，却是个狠角色。

杜老大说这个赌场安全，人人都信。

杜老大说："谁敢在我的场子里出老千，就剁下谁的手。"

这话说出后，没有人敢在杜老大的场子里出老千。

画龙、瘦强、胖虎在杜老大的赌场里等了三天，小偷披风终于出现了。

当时，画龙和瘦强正在玩百家乐，荷官是个女孩，长得很漂亮，据说还去澳门赌场培训过，她的赌桌前吸引了不少赌徒。胖虎在另一张赌桌上玩扎金花，他笨手笨脚的，不小心将牌掉在地上，就弯腰捡了起来，这个动作引起了别人的注意，有人质疑他出老千。

胖虎急赤白脸地辩解了一下，众人看他不像作弊的样子，也就不再理会。

　　旁边一个人说:"以前有个人在这里出老千,手被砍下来了。"

　　胖虎说:"我真没有出老千,就是牌掉了嘛。"

　　那人说:"你抬头看看。"

　　胖虎抬头看,吊灯上挂着一截黑乎乎干瘪的东西。

　　赌场的灯下面吊着一只手,已经干枯、发黑,看上去不像手,而像一截枯树枝,或者一小块风干的腊肉。这只手起到的是震慑的作用,没有人敢在这个赌场里出老千,这也使得赌徒们放心大胆地赌博。

　　胖虎说:"看不出是什么东西。"

　　那人笑了一下,说:"那是我的手。"

第二十一章 赌场大战

小偷披风被关进了看守所，
可没过几天，
他竟然越狱了。

小偷披风看着自己的手,心里百感交集。

他曾经在这个赌场里偷牌,被当场抓住,两个人按住小偷披风,当着在场所有赌客的面,杜老大用一把砍刀剁下了他的手,然后吊在了灯下面。

这只手吊了好几年。

从那以后,赌场里再也没有出老千的人。

有的赌客会被这只断手吓一跳,更多的人对此视若无睹。

小偷披风照样在这个赌场里厮混、赌钱,输光了再去盗窃,这就是他的生活。

小偷披风对杜老大说:"你把我的那只手扔垃圾箱里吧,别老在那上面吊着啦。"

杜老大说:"不扔。"

小偷披风说:"那等我有钱的时候,我买还不行吗?我把我的手买走。"

杜老大说:"不卖。"

小偷披风近来突然发财了,特别张扬,他拎着一袋崭新的钱来到赌场,都是面值一百元的钞票。他偿还了以前欠下的高利贷,出手极为大方,可以称得上是豪赌,每张赌桌上都一掷千金。输完后,没几天又拎着一袋钱来赌。

画龙三人注意到，小偷披风带来的赌资都是崭新的百元钞票，钞票上的编码字母和警方发现的假币一样。赌徒们平时和钱打交道，竟然没有人发现小偷披风使用的是假币。

这些假币从何而来？

小偷披风很可能与金库被盗案有关！

画龙三人很有自信，并未呼叫支援，他们觉得，逮捕一个小偷还不是轻而易举的事。

瘦强和胖虎一左一右夹住小偷披风，想把他悄悄地带出赌场，并不想惊动其他赌徒。

小偷披风说："你们是什么人，想干吗啊？"

瘦强说："我们是警察，找你有点事。"

胖虎说："你最好不要螳臂当车，乖乖跟我们走。"

小偷披风见势不妙，先敷衍了几句，随后突然大声嚷嚷起来："有人出老千。"

喧闹的赌场刹那间安静下来，众目睽睽之下，小偷披风从胖虎和瘦强的兜里翻出来几张牌，这牌是他神不知鬼不觉放进去的，故意栽赃陷害胖虎和瘦强。

杜老大说："老规矩，剁手。"

众人散开，几个看场子的打手走过来，围住瘦强和胖虎二人。

胖虎说："师傅，他们要砍我的手。"

瘦强说："师傅，怎么办？"

画龙说："打！"

一场恶斗在所难免，小偷披风趁乱想要溜走，画龙三人死死地盯着他。

小巷斗殴场面惊心动魄。然而，赌场打手平时惯于打架，也练就了一身实战的本事，不可小视，其中一两人打起架来更是招招凶狠，置人死地。

一个亡命之徒手持武士刀向画龙脖子砍落，身边两个打手也各拿一把锋利的匕首刺向瘦强和胖虎。街巷狭窄，无处可躲，画龙双手交叉架住那把武士刀，刀刃非常锋利，瞬间划破画龙腕部，血流了一胳膊。画龙夺下刀，侧踹一脚，力量震撼，那人飞出好远落在地上。

胖虎肩膀也中了一刀，他忍着痛握住那人手腕猛地一掰，那人惨叫一声，手腕已被扭断。

瘦强说："师傅，我们不要各自为战，应该组成防御阵形。"

画龙、瘦强和胖虎三人肩并肩背对背站在一起，形成三角形的防御姿态。街巷狭窄，对方虽然人多，但无法展开围攻，这种战斗阵形适合以少打多，对方冲过来一人就被打倒在地。

这时候，杜老大突然出现在三人面前，手里拿着一个什么东西，用报纸包裹着。

画龙急忙喊道："快闪开，他有枪。"

杜老大扔掉报纸，里面是一把双管猎枪，为了便于携带，已经锯短了枪管。

杜老大扣动扳机，画龙三人一个鱼跃，向地面翻滚，避开了子弹。

画龙刚站起来，一名壮汉打手从后面冲过来，用胳膊猛地勒住了画龙的脖子，壮汉手臂呈 V 字形，在画龙下颚咽喉部位勒紧，另一只手进行加固。画龙挣了几下，那壮汉力气非常大，胳膊上青筋突起，他难以逃脱。这一招是巴西柔术中的裸绞，乃是必杀技。如果不能在短短几秒钟挣脱，那么就会因窒息和脑部供血不足而昏厥。在 MMA 比赛中，只要使用这一招，对手就会拍地认输，从未有人能够挣脱。很快，画龙感到呼吸困难，天旋地转。

这种危急时刻，杜老大狞笑着走近，手里的双管猎枪又对准了画龙的胸腹部。

画龙既挣不脱，又无法躲，看来只能眼睁睁地挨枪子，或者被身后壮汉活活勒死。

枪响了！

瘦强和胖虎喊了一声师傅小心，随即冲了上去。

千钧一发之际，在枪响之前，画龙跳起来，身体凌空，坠下时，双腿蜷起从那壮汉胯下穿过，借助自己身体的力量，把壮汉向前甩了出去。这一招专业术语叫作裆下过肩摔，也是美国摔跤技术的必杀技。猎枪发射的是铁砂霰弹，大部分打在了那位壮汉的身上，其余少量铁砂被瘦强和胖虎的身体挡住。

瘦强和胖虎伤势无碍，两人怒不可遏，给了杜老大一拳一脚。

拳头打中眼眶，一脚踢中裆部，杜老大眼冒金星，裆下剧痛，闷哼一声倒地不起。

这时，不远处传来阵阵警笛声，街巷邻居有人拨打了报警电话。

赌场打手们无心恋战，丢下杜老大，纷纷作鸟兽散……

随后赶来的警察将杜老大押上警车,画龙和瘦强被送往医院包扎伤口。

胖虎伤势较轻,他带着一队警察追赶小偷披风。

在一个路口,警方追上了还未跑远的小偷披风。

胖虎把小偷披风的手腕拧到背后,给他戴上手铐。

小偷披风被关进了看守所,可没过几天,他竟然越狱了。

第二十二章 越狱高人

就在他感到绝望打算束手就擒的时候,
空中传来了类似于拖拉机的那种突突突的声音。

小偷披风面对警方的审讯，摆出一副死猪不怕开水烫的无赖态度。他多次入狱，有一定的反侦查经验。他供述自己并不知道那些钱是假钞，声称那些钱是自己赌博赢来的，至于从何人那里赢来，回答的却是"记不清"和"想不起来了"，警方暂时以聚众赌博罪名将其在看守所关押。

　　画龙和赵书记本来打算把小偷披风释放了，然后进行跟踪，欲擒故纵，放长线钓大鱼。

　　谁也没想到，小偷披风竟然越狱了，这使得警方感到很意外。

　　这起越狱案件非常离奇，有些匪夷所思，整个过程都有人在幕后指挥策划。他们先是花钱买通了看守所的一个劳动犯，此人负责推着小车给各监室送饭，这种劳动犯一般刑期较短或马上就要出狱，活动比较自由，此人向小偷披风传递了有人接应他越狱的消息。

　　越狱时间：本周六午夜十二点。

　　越狱地点：市附属医院的楼顶。

　　两个难点：一、小偷披风身在看守所，怎么到达医院的楼顶；二、就算到了楼顶，又如何逃跑。这家医院距离看守所最近，新落成的门诊综合大楼高二十层，想要从楼顶逃跑，除非像鸟一样飞走。

　　盗窃银行金库，再加上伪造货币，这是死刑之罪。

　　小偷披风铤而走险选择越狱，更加证实了他和此案有关。

我们来简单描述一下看守所的情况：外围是高墙电网，四角有武警二十四小时警戒值守；内部是一个巨大的笼子，犯人看到的天空都是隔着铁栅栏的。看守所和监狱没什么区别，壁垒森严，出入至少要经过三道门，从看守所越狱难如登天。

小偷披风是重点监管对象，被关押在一号监室。

这个牢房里有十多人，小偷披风进去的时候，这十多人都穿着黄马甲，盘腿坐在一个大炕上，看守所住的差不多都是这种大通铺。小偷披风懂得规矩，先脱光自己衣服，伸出手主动让牢头检查，然后蹲下，原地蛙跳，证明自己没有携带违禁物品。

牢头说："你这是第几次进来了？"

小偷披风说："第四次，前三次是偷东西，这次是赌博。"

牢头说："赌博应该关拘留所啊，你进看守所肯定有大案子。"

小偷披风说："我来这里就像回家一样，感觉超好的。"

牢头笑了，推了一下眼镜。

监狱犯人戴的眼镜是按照要求特制的，塑料框架，树脂镜片，就连牙刷也是特殊设计的，手柄很短，是空心的，要套在一根手指上使用。这都是为了防备犯人用来伤害别人或者自杀。

牢房里晚上有犯人值班，小偷披风被牢头安排到凌晨四点到六点。他趁大家睡熟的时候，吞食异物自残，牢头立刻报告了狱警，狱警指着蜷缩在地上痛苦呻吟的小偷披风问道："他吃了什么？"

一个犯人说："他把我们的牙刷吃了。"

牢头说："我的眼镜不见了，很可能也被他吃到肚子里去了。"

小偷披风吞下了十几把牙刷、一副眼镜，还吃了半个矿泉水瓶。

看守所也有医务室，但是条件简陋，无法紧急救治，监狱领导立即决定把小偷披风送往就近的医院进行手术，如果不及时取出肚子里的那些异物，或许会有生命危险。到达医院后，手术很成功，公安局和看守所派人进行了监督。

小偷披风需要住院观察两天，待到身体恢复后再转往看守所。

小偷披风的病房外有便衣民警值守，他的一只手还用手铐铐在病床上，术后第二天，他的身体很虚弱，根本下不了床，门外值守的两名警察也就放松了警惕。夜里十一点多，小偷披风不知道用什么东西打开了手铐，踩着窗口外的平台到达另一间病房，悄悄地溜了出去。警察发现他不见了，立即向上级汇报，同时展开搜寻，一位警察在楼顶发现了小偷披风的身影。

小偷披风穿着带有条纹的病号服，心中万分焦急，又惊惶不安。

医院楼顶有个巨大的红色十字牌，小偷披风就躲在那牌子后面，此时接近夜里十二点，这也是约定好的接应时间。

追捕的警察气喘吁吁，歇了口气，远远地对着小偷披风喊道："喂，别动，你小子跑不了。"

小偷披风此时想死的心都有，他猜不出同伙会如何解救他。本来，他以为楼顶某处会吊好一根绳索，但是即使从楼顶滑到地面，他伤口未愈也跑不太远，最终还是会被抓到。如果从楼顶跳下去则必死无疑。

小偷披风眼看着那名警察越走越近，就在他感到绝望打算束手就擒的时候，空中传来了类似于拖拉机的那种突突突的声音。

声音很响，警察愣了一下，眼前的一幕令人难以置信。

警察看到一个巨大的、丑陋无比的东西飞了过来，没错，真的是飞了过来，飞到楼顶，短暂盘旋了一会儿，上面有人喊道："嘿，老弟，上来吧。"

小偷披风爬上去后，那怪东西立刻飞走了。

警察目瞪口呆留在原地，一动不动，惊讶得说不出话来。

警察是这么向领导汇报的："说出来你们都不信，那是一架直升机。"

赵书记说："这小子究竟是什么背景？"

画龙说："越狱竟然动用了直升机？"

警察说："不过呢，这直升机只有骨架，是用钢筋铁棍焊成的，看上去很丑很简陋，飞机轱辘看着像是从旧电动车上卸下来的，尾巴上还打着铁皮补丁，还有，这直升机烧的很可能是柴油，一个劲地冒黑烟，这架飞机应该是自制的。"

民间能够制造飞机的人全国也没几位，警方很快了解到，本市就有一位民间科学家。

此人是郊区村里的一个电工，姓高，村民都叫他高工。他四十多岁，体形微胖，只有初中学历，却是个科学狂人，自制了好几架飞机。当地的报纸和电视台多次报道了这位民间科学家的事迹，他对发明创造有着近乎执拗的狂热精神，除了飞机，他还焊接了几个汽油桶制作过潜水艇，还有一些稀奇古怪的小发明，例如捕鼠机、射鱼器等等。因为没有经过专业训练，他的很多发明都以失败而告终。

他从小就展露了惊人的才华，他叠的纸飞机比其他孩子的飞得更远。

这个叠纸飞机的男孩梦想着长大后能够飞在蓝天之上，驾驶着自己制造的飞机自由地翱翔。他很多年都误入歧途，痴迷于研究永动机，他觉得，只要研究出永动机，世界都将震动。然而，永动机是一种幻想，永远不可能成功，因为它违反了自然界最普遍的一个规律：能量转化与守恒定律。他最大的梦想就是造出一个飞碟，就是新闻中外星人驾驶的不明飞行物。

在村民眼里，高工就是个疯子，老婆也认为他不务正业，几年前和他离婚了。

高工独自住在村外山坡的一个院子里，过着隐居般的生活，很少与人来往，因为没有人能听懂他说的话，他疯疯癫癫的，时常自言自语，摘录几句：

量子地球脉次空离子米着地火线蓝三角四量电子微子量柱移位相。

太阳以光芒时间起死回生，待美国航天器探日三十年后解密此话。

几位村民在山脚下种玉米，坐在田间抽烟休息，遇到高工，和他打招呼，随口聊了几句。

村民甲说："这天气是越来越热了，听说全球变暖，你有什么办法解决这个问题不？"

高工说："可以给太阳降降温，或者给地球降降温，就没这么热了。"

村民乙说："哈哈，怎么给太阳降温啊？"

村民丙说："把电风扇对着太阳吹吗？"

高工说："利用中子星吸积，通过天体引力俘获宇宙物质和暗物质，形成防护膜，将太阳光热辐射减少万兆分之一。"

村民丁说："你这话云山雾罩的，你用俺们能听懂的话说说。"

高工说:"你们种玉米要铺一层薄膜,在地球外围和太阳之间也铺设一层膜就是了。"

村民甲说:"给地球裹一层塑料薄膜,亏你想得出来,上哪儿买去啊?"

高工说:"不是塑料薄膜,是膜。"

村民乙说:"算了,不和你争了,我就想问问,你的飞碟啥时候造出来?"

村民丙:"飞碟也叫UFO,我看过新闻,那玩意的形状就像两个盘子扣在一起。"

村民丁:"飞碟就是外星人的飞机。"

高工说:"地球人也能造出来,我要当第一个造出飞碟的地球人!"

村民甲说:"你要是开着飞碟飞到外星去,你也成外星人了。"

村民乙说:"你记得和外星人宣传一下咱们村,我也跟着你出出名。"

村民丙说:"还飞碟呢,你上回造那飞机动静太大了,吓人。"

村民丁说:"那噪声,我家母猪都吓得流产了。"

高工说:"先飞起来,我再解决噪声的问题。主要是没经费,你们借我点钱吧?"

四个村民哈哈一笑,借口说家中有事,纷纷离去。

经过调查,警方确认了那一架越狱的飞机就是高工自制的,高工和小偷披风还是远房亲戚。越狱第二天,有村民证实,高工的院子里出现了一个卷发年轻人,只有一只手,此人就是小偷披风。为了防止他们驾机潜逃,警方决定在夜间进行秘密抓捕。

画龙和瘦强、胖虎以及十几位警察执行抓捕任务。

赵书记坐镇公安局，彻夜不眠，等待着画龙凯旋。没想到，这一队警察无功而返，不仅没抓到人，每个警察还狼狈不堪，画龙和两位徒弟脸上又红又肿，起了几个大包。

赵书记说："怎么回事，你们……这是被人揍了一顿？"

画龙说："唉，别提了，是被揍了一顿，不过，不是被人。"

第二十三章 三个和尚

释延心方丈指着茶壶说道:
"你看这茶叶,浮浮沉沉,
就好像是人这一辈子啊。"

这个民间科学家独自居住在山脚下的一个院落里，房前屋后有他的二亩地，地里不种庄稼也不种蔬菜，而是栽了一些能够开花的树，有枣树、梨树、槐树和桂花树。他以养蜂为生，这些树以及漫山遍野的杜鹃花都是蜂蜜的来源。

警方制订了抓捕计划，先包围这个院子，然后由瘦强和胖虎控制住高工的那架飞机。

高工制造过三架飞机，只有一架能飞，就停在院子里，上面罩着蓝白相间的旧雨布。

院前屋后放置着很多蜂箱，警察在夜间包围的时候惊动了蜂箱里的蜜蜂。蜜蜂倾巢而出，空中立刻传来一阵嗡嗡的声响。警察挥手驱赶，引发了蜜蜂的群攻。那些蜜蜂成群结队，见人就蜇。一只蜜蜂逮着瘦强的耳朵就是一针，瘦强疼得哎哟一声；胖虎手舞足蹈，试图驱散蜜蜂的攻击；画龙刚想说话，一只蜜蜂落在他嘴唇上蜇了一下，嘴上立刻肿起一个大包。

一队警察落荒而逃，几乎每个人身上脸上都被蜇了几下，跑出很远，耳边终于听不到蜜蜂的嗡嗡声了。

胖虎说："我们真是鬼哭狼嚎、屁滚尿流啊。"

瘦强说："弟弟，你这次算是用对了成语，那些蜜蜂太可怕了。"

赵书记说："人没抓到，还成了这副鬼样子。我以为你们被几百个人打了呢。"

画龙说："哈哈，把手机拿出来，咱几个合影留念，我要发给梁教授还有小包和小眉看一下。"

赵书记看着画龙红肿的香肠嘴，忍俊不禁，笑出声来。

抓捕失败，高工和小偷披风连夜潜逃，去向不明。

警方将此二人列入网上追逃名单，全国通缉。网上追逃系统非常强大，全国公安各部门、各警种密切配合，整体作战，抓获此二人只是时间早晚的问题。只要他们使用身份证以及使用身份证关联的手机号和银行卡就会被警方发现，从而暴露行踪。

与此同时，公安机关与银行成立的反假币工作室，又陆续地发现了三笔假钞。

经过鉴定，这三笔假钞与小偷披风使用的假钞属于同一批。警方最担心的事情出现了，银行金库被盗的钞票模板已被不法分子用来印制了大量假钞，并且流入市场，这些假钞能通过验钞机，和真钞没什么大的区别，普通市民难辨真假。

通过追查三笔假钞的来源，警方有了惊人的发现。

一、本市有个高考状元，家中一贫如洗，为了贴补家用，他从小学就捡废品，中学利用寒暑假打工，高考时以优异成绩考上名校，但难以支付大学期间的学杂费。报纸对此进行了报道，本意是呼吁大家捐款救助，然而，好强的母亲谢绝了一切资助，不想欠下人情。有一天，家里来了个和尚，自称是佛教慈善基金会的一名僧人，看了新闻，想要捐助五万元。母亲信佛，只接受了这一笔捐款，把钱存到银行的时候被发现这是假币。

二、医院血液内科病房外的走廊里,一个年轻的爸爸坐在椅子上,怀里抱着六岁的女儿,女儿刚刚被确诊为白血病。爸爸感到无能为力,根本交不起高额的治疗费用,接下来,只能看着漂亮可爱的女儿离开这个世界。女儿抬头说:"爸爸,咱们回家吧,我下午还得上学呢。"爸爸的泪水流了出来,一阵心疼,不知道说什么好。这时候,一个僧人走过来,问明情况,留下了一袋钱,足足有二十捆,每捆一万元。这二十万元后来流向银行,鉴定为假币。

三、一个偏远闭塞的山村,非常落后贫穷,山路崎岖狭窄,一到下雨下雪的日子就无法通行。全村只有几百人,每年都在减少,没有女孩愿意嫁到这个村子。要致富,先修路,村长最大的愿望就是给村里修一条盘山公路。这条路是一个村子的希望,然而,县、乡政府财政紧张,修路项目遥遥无期。有个和尚云游到村里,以佛教慈善基金会的名义捐助了一大笔钱——五十万元现金。

警方发现,三个和尚,拿着假钞做好事。

画龙把自己鼻青脸肿的照片通过微信发给了梁教授、包斩、苏眉。

苏眉回复说:"画龙哥哥变帅了呢,嘴唇很性感。"

包斩说:"画龙大哥这是被蜜蜂蜇了吧,拔出毒刺,用肥皂水洗洗,几天就好了。"

梁教授说:"我在度假,和孙女一起做园艺呢,没什么重要的事不要打扰我。"

画龙回复说:"我的照片可不能白看,你们帮我出谋划策一下,案子接下来怎么破?"

特案组再次发挥出团队的优势，大家集思广益，最终确定了一个侦查方向。小偷披风和高工属于团伙成员，但不是核心骨干，此案和寺庙有关，涉及出家的僧人，制造假币的窝点很可能就隐藏在周边地区的某个寺庙里。

画龙说："我们接下来要对本市所有的寺庙进行排查，务必找到这个制造假币的窝点。"

赵书记说："如果本市找不到，就把范围扩大到全省，全省也就这些寺庙，挨个地找。"

瘦强说："佛门圣地，警察不太好展开搜查吧，总要顾及社会舆论影响。"

胖虎说："咱们是无事不登三宝殿，最好找个理由，咱们也能金蝉脱壳。"

赵书记说："就以检查寺庙消防安全为由，明察暗访，都穿上警服，起码有震慑作用，让那些不法僧人收敛一下，少印些假钞。"

团伙成员高工住在山脚下，那座山叫作出云山，山上有个庙，叫作出云寺。

寺庙像一个很大的四合院，有大雄宝殿一间，供奉释迦牟尼佛像，左为伽蓝殿，右为观音殿，还有法堂、斋堂和僧人居住的禅房，还有两座独立的建筑，分别是钟鼓楼和藏经阁，以及供香客和义工暂住的居士寮房。

出云寺有僧人十几名，方丈法号延心，出家的和尚都姓释。

释延心刚到出云寺的时候，到处都是残垣断壁，香炉倾倒，落满灰尘。几年来，释延心大和尚从一砖一瓦开始，重建了荒废已久的寺庙，资金都是善男信女捐助的，还欠下了建筑公司一笔工程款。后来，建筑公司免除了这笔钱。释延心为此刻了一个功德碑，立于山门之侧。

释延心说："建寺就是一种修行。"

和尚生活非常清苦，闻钟而起，闻鼓而眠，闻板上殿，闻梆过堂，日日如此，年年依旧。

每天凌晨四点，钟声响起，僧人们就起床了，齐集大殿，念诵《楞严咒》《大悲咒》《十小咒》《心经》。七点，吃早饭，白粥和馒头、咸菜，吃饭期间不可以说话。用斋完毕，或劳作，或坐禅。然后是行香，和尚们绕佛龛而行，行香又叫跑香，类似一种体育锻炼。十一点吃午饭，都是素食。和尚过午不食，一天吃两顿饭，只有早餐与午餐。下午打坐禅修。下午四点半，做晚课，念经。七点，听法。九点，敲鼓，止大静，开始睡觉。

画龙和瘦强、胖虎对出云寺进行排查，三人都穿着警服，寺里一名知客僧做了接待。

三人查看了寺庙的殿堂、厨房和僧舍，检查了寺院内灭火器、消防栓等消防设施，了解了庙内用油、用火、用电、用气及香烛使用的情况。现场宣讲了消防安全知识，以及需要整改的问题。

检查期间，画龙三人发现了一个异常情况，该寺庙近期用电比往日更多一些。

画龙说："出家人不打诳语，你老实说，你们寺庙用电过度怎么回事啊？"

瘦强说："寺庙超负荷用电容易造成火灾隐患。"

胖虎说："要不然，就是你们寺庙里偷偷开了个什么地下加工厂？"

知客僧有点脸红语塞,支支吾吾地说:"用电一事不太清楚,要问方丈。"

释延心方丈在客堂茶室接待了画龙三人,此人是个肥头大耳的胖和尚,年近四旬,穿着僧袍。他焚香净手,泡了几杯茶,茶香满室,令人心静神怡。释延心方丈解释说:"夏季炎热,大殿和配殿以及僧房的空调时常开着,所以电费比以前更多一些。"

这理由无可辩驳,画龙三人只好喝茶闲聊。

茶室墙上贴着一幅字:茶禅一味。

胖虎喝茶属于牛饮,喝完一杯又一杯,随口问道:"茶禅一味是什么意思?"

释延心方丈指着茶壶说道:"你看这茶叶,浮浮沉沉,就好像是人这一辈子啊。"

画龙问道:"方丈出家之前是做什么的?"

释延心说:"前尘往事,不说也罢,也是经历了一番沉浮,才到了这里。"

瘦强说:"我也喝不出这是什么茶,不过味道挺香的。"

释延心方丈说:"茶是后山种的,泡茶的水,上好的是山泉水、江心水、井花水、梅花雪水、竹沥水。不过,招待你们三人用的是寺庙里的自来水。"

画龙说:"你这老和尚瞧不起我们警察啊。"

释延心方丈说:"什么时候,你们脱下警服,诚心礼佛,那时来庙里喝茶,自然是好茶好水招待。"

画龙说:"这是下逐客令了啊,我还有个问题,你们寺庙每月能收到多少香火钱啊?"

释延心说:"寺庙是八方供养,都是施主们的善心,每月有记录可查。"

画龙小心翼翼地问道:"有的施主会不会往功德箱里塞假钱啊,你们发现过吗?"

释延心方丈有些怒了,站起来走了两步,忽然停下,他问道:"什么是钱?"

胖虎笑了,拿出钱包,说道:"这些就是钱啊。"

释延心方丈说:"落花、流水,都是钱,钱是夏天的雨、冬天的雪、天上的浮云。你们看钱只是钱,你们看一张桌子、一杯茶,没有什么奥秘,佛看的是因果。"

第二十四章 侠盗燕子

那女人没有留下任何蛛丝马迹，
没有指纹，没有足印，
也没有财物丢失。

警方对本市及周边地区的所有寺庙展开了排查，没有发现制造假币的窝点。

出云寺进入警方的视线，疑点很大，该寺庙近期产生的电费已经超出了生活用电的额度。警方派出两名侦查员伪装成香客，监视寺庙的一举一动。画龙三人也决定几天后再去出云寺，检查下寺庙的用电线路是否有秘密铺设的情况。

谁也没想到，警方这番打草惊蛇的行动竟然有了巨大的收获。

几天后，夜里一点多钟，110接线员接到了一个奇怪的电话。

接线员平均每天都要接到三百个左右的电话，但有效警情其实并不太多，大概只有十分之一的概率，剩下的都是各种奇葩情况。白天还好一些，乱打电话的人不多，一旦到了半夜就开始群魔乱舞，各种寂寞的、喝醉的、精神不正常的人会不停地给110打电话。

接线员说："你好，这里是110报警服务台，请问你需要什么帮助？"

电话是一个女人拨打的，她压低声音说："你们公安局是不是有个赵书记啊？"

接线员说："你好，请讲。"

女人说："你们电话都有录音吧，我想转告赵书记一件事。"

接线员说："请问你有什么事情呢？"

女人说:"是这样,我偷了东西,现在,我把东西给你们。"

接线员说:"什么东西呢?"

女人说:"印钱的钢板子。"

接线员问道:"从哪里偷的?"

女人说:"银行。"

接线员说:"我没有听明白,请重复一遍。"

女人说:"我从银行里偷了个印钱的钢板子,现在要还给你们警察。"

接线员说:"你是打算投案自首吗?请告诉我你的具体位置,以及联系方式。"

嘟嘟嘟,电话挂断了……

消息来得突然,为银行金库被窃一案而忙碌的警察们不敢相信,盗贼竟然要归还钞票模板。这可真是踏破铁鞋无觅处,得来全不费功夫。

拨打电话的女人是谁?

盗窃银行金库的犯罪团伙究竟有几人?

又以什么样的方式归还?

一连串的问题很快迎刃而解,警方追踪了她当时使用的电话号码。出人意料的是,电话竟然是从公安局赵书记办公室的固定电话打出的,这个办公室被画龙借用,他和两个徒弟平时就在这里办公。刑侦技术人员对办公室进行了细致的勘察,那女人没有留下任何蛛丝马迹,没有指纹,没有足印,也没有财物丢失。

赵书记说:"真是胆大妄为啊!"

画龙说:"有意思,这个女贼半夜潜入公安局,用这个办公室的电话拨打了110。"

胖虎说:"她这是打入我们内部了啊,卧薪尝胆,最危险的地方就是最安全的地方。"

瘦强说:"我注意到,那女的拨打110时说了两次现在。"

画龙说:"当时,她的语气分明是已经归还了模板,我们找找看在哪里。"

四人的目光不约而同地看向办公室里的保险箱,赵书记用钥匙和密码打开后,大家惊呆了。保险箱平时存放着一些重要印信和机密文件,现在多了两块长方体的钢板,有正反两面,可以看到精细的凹版雕刻,图案与百元人民币一致,这正是警方苦苦寻找的钞票模板。

胖虎说:"哇,咱们花的钱就是用这玩意印出来的啊。"

瘦强说:"这个东西可以说是价值连城。"

画龙说:"没错,这个东西可以让你成为世界首富,也可以毁灭一个国家。"

赵书记说:"我们以前破获过几起制贩假币的案件,有的假币甚至是用手绘胶版印出来的。"

瘦强说:"那伙贼为什么会把这东西还回来啊?"

胖虎说:"我想起那个盗画的贼王,后来把画也还了。"

画龙说:"他们害怕了,这么干下去,早晚把他们一锅端了。我觉得,侦查方向没错,造假币的窝点就是在寺庙里,咱们的大规模行动吓得他们惶惶不安。再说,这段时间他们也印了不少钱,懂得见好就收,为求自保，所以归还了模板，也是想要警方放他们一马。"

赵书记说："乘胜追击，把这伙犯罪分子一网打尽！胆子不小，居然敢跑到我办公室来。"

画龙说："那女贼半夜溜进这办公室，也有警告我们的意思。"

赵书记说："警告？威胁？"

画龙说："是啊，你想想，如果她放置的是一颗定时炸弹，我们几个估计都完蛋了。"

公安局的监控探头拍下了那女人的身影，此人身高一米六左右，体重一百斤，看上去三十多岁。她穿着一条牛仔裤、一双黑色耐克运动鞋、一件黑色短袖上衣，戴着个帽子，马尾辫从帽子后孔中穿过，拎着个手提包。她从一楼大厅的照片墙和指示牌上找到赵书记办公室的门牌号。这个办公室门口放着地毯，别的办公室却没有，所以非常好找。

走廊的摄像头拍下了她开锁的过程。

她从包里拿出一些东西，经过技术人员辨认，这是锡纸开锁工具。近年来，锡纸开锁替代了以往的开锁方式，锡纸的韧性使其在锁体内能随着弹子锁锁齿的牙花变形，并咬合在牙花上，所以能很快地打开门锁。锡纸开锁已经升级到"第四代"，工具是一个杂志大小的硬塑箱，内装十多个钥匙片和各种手柄，分别对应不同形制锁孔的门锁。

女人只用了十几秒的时间就打开了赵书记办公室的门。

警方无法得知她用何种方式打开的保险箱，她不可能知道密码，保险箱完好无损，没有外力破坏迹象，这个女人的盗窃技术非常高明，现场也没有留下任何证据。

魔高一尺，道高一丈，警方还是发现了一条重要线索。

这个女人很大胆，并没有回避监控探头，这是因为她经过了巧妙的伪装。

警方反复观看监控录像，发现这个女人的脸比较木然、呆板，没有任何表情，她作案时很可能戴着一副人皮面具。这种人皮面具在网上就能买到，由医用硅胶制作而成，仿真度很高，和真人没什么大的区别，戴上后就变成了另外一张脸。

女性、易容、面具、开锁、办公室、保险柜……警方将涉及的关键词与全国案件库进行核对，一个被警方网上追逃的女人浮出水面，此人姓水，名叫燕子，其作案手段与视频中的女人完全吻合，年龄及体貌特征也一致。

警方经过技术核对，并案分析，最终确认出现在赵书记办公室的女人就是水燕子。

水燕子也被称为"偷官女贼""办公室大盗"，甚至有人称呼她为"侠盗燕子"。

水燕子的盗窃目标是官员办公室，几年来，先后在河南、山东、江苏、浙江、湖南、山西、安徽七省份作案，盗窃地点涉及十几个地方政府、事业单位办公室，涉案金额巨大。作案时间一般选择晚上下班以后，有时居然是在大白天，午休时分。她戴着人皮面具作案，会事先踩点，先在一楼大厅找到领导办公室的门牌，用开锁工具打开门，然后将财物洗劫一空。

水燕子每次都收获颇丰。

在某检疫局官员办公室，水燕子窃得中华香烟二十条、冬虫夏草三盒、劳力士手表一块。

在某教育厅官员办公室，水燕子窃得购物卡近一百张、金银砖五块、玉器三件、红宝石项链一条，总价值十六万元。

在某交通厅官员办公室，水燕子打开保险柜，窃得大量美元、港币、名烟名酒、人参燕窝、古玩字画、数套纪念币，价值百万以上。该官员平时衣着朴素，骑自行车上班，给人以清廉的形象。因贪污腐败落网后，才交代出办公室失窃之事。

几年来，水燕子只有一次被抓现行，但由于受害官员否认遭窃，水燕子很快就被释放。

作案时她很镇定，并不紧张，在她看来，如果办公室财物礼品很多，即使有人撞见也不敢报警。

也有多次，水燕子开锁后，发现桌上职务牌是厅长局长，但屋里除了堆积如山的文件和几盆绿植，并没有大堆礼品，这种时候，水燕子并没有感到失望，心里反而生出敬意。有一次，她在某官员办公室发现了一张行军床，烟灰缸里的香烟很廉价，喝水的杯子也很普通，她猜测这名官员经常熬夜加班，于是，她在台历上留下了几个字：您真是太辛苦了。

第二十五章 窃钩者诛

画龙说:

"特来感谢方丈,归还了我们丢的东西。"

赵书记不禁有些后怕，幸好自己的办公室被画龙强行借用了，否则这个女贼难免会在保险箱里发现一些私藏的礼品。

赵书记说："晚上开庆功宴，所有参战干警一起聚个餐，这些天大家都忙坏了。"

画龙心里有点落寞，说道："现在，钞票模板找回来了，我也可以回去交差了。"

赵书记说："别啊，人还没抓到，印的假钞还没追缴，你还是好人做到底吧，画龙同志，我们需要你。"

胖虎说："师傅，我觉得这一伙贼并不是多坏啊。水燕子劫富济贫，替天行道，专偷贪官的办公室，还有那几个和尚，扶危济困，印了钱做好事，就是大慈大悲观音菩萨下凡啊。"

瘦强说："弟弟，自从跟了师傅，你水平渐长，成语是越用越正确了。"

庆功宴上，画龙师徒喝得酩酊大醉，一生大笑能几回，斗酒相逢须醉倒。

第二天，警方查到一条消息，出云寺方丈释延心出家之前俗名叫司马义，曾因盗窃罪入狱几年，他和小偷披风、水燕子的籍贯一致，三人都来自本市一个贫困县偏远的村子，村子叫河塘村，也是本地知名的"小偷村"。

出云寺方丈释延心、水燕子、小偷披风，三人都来自"小偷村"河塘村。

河塘村隶属于寨下镇，从20世纪90年代开始，寨下镇人在全国各地"技术开锁入室盗窃"，他们也被贴上了"盗遍全国"这一不光彩的标签。人口约五万人的寨下镇有一千二百人曾因盗窃获刑，河塘村更是人人都会开锁，老乡带着老乡，哥哥带着弟弟，甚至父亲带着孩子，成群结伙去往外地盗窃。后来，手段也越发高明，他们时常在田间地头交流开锁技术，村民中能开保险箱、电子锁的高人不在少数。

这个村有个贼王，据说只需要看一眼钥匙的形状，单是凭借记忆力就可以复制出一把钥匙。贼王在村里徒弟众多，还有外乡人慕名而来拜师，释延心、水燕子、小偷披风很可能也得到过贼王的指点。

画龙、瘦强和胖虎再次拜访出云寺，这次，他们没穿警服，便装出行，还往功德箱里捐了点钱。释延心方丈用山泉水泡了一壶好茶招待画龙三人。

释延心方丈说："三位施主，这次是专门来喝茶的吧？"

画龙说："特来感谢方丈，归还了我们丢的东西。"

释延心方丈说："什么东西呢？"

画龙说："你是个聪明人，明知故问啊。"

释延心起身燃起一根紫藤香，插在香炉中，避开这个话题。

瘦强说："弟弟，你给方丈讲个故事吧。"

胖虎开始讲："从前有座山，山上有座庙，庙里有个老和尚，老和尚和几个小和尚在庙里印假钞……这个故事，你觉得怎么样？"

释延心说："假钞不是能被人认出来吗？"

画龙说："这个老和尚有几个老乡，偷了块印钞模板，他们印的假钱和真的没什么区别。"

释延心说："老和尚印了假钞做什么呢？"

画龙说："老和尚用来做善事，救助穷人。"

释延心说："阿弥陀佛，我佛慈悲。"

瘦强说："这是盗窃，是犯罪！"

释延心说："盗窃了谁？"

瘦强说："国家。"

释延心说："盗窃于国家，用之于穷人，何罪之有？"

画龙说："替政府分忧解难，精准扶贫，老和尚看来有拯救天下苍生的济世胸怀啊。"

警方此前派出了两名侦查员，扮成香客监视寺庙的一举一动。

侦查员发现寺院角落放着几把铁锹，锹上沾有泥土，这说明庙里僧人挖掘或者掩埋过什么东西。然而，侦查员找遍整个寺院，没有看到动土的痕迹。侦查员扩大范围，在寺庙周边展开搜寻，后山地面上有一道浅浅的痕迹，循迹而至，在寺院后的山上找到了一个山洞，洞口已经被石头沙土掩埋，还覆盖了树枝和杂草。

那道痕迹，连接着洞口与寺庙，应是落雨后铺设在地面的电线留下的。

警方事后在山洞里发现了一台凹版印刷设备、切纸机、电脑，以及大量的印钞纸和油墨，这一整条假币印制生产线就隐藏在山洞里。

侦查员不敢轻举妄动，将这一情况电话反映给了赵书记和画龙。

画龙说："后山山洞里藏着什么，看来你要跟我们去公安局说清楚了。"

释延心说："我要是不去呢？"

画龙三人想要逮捕方丈，一名武僧上前拦住，手里拿着一根木棍，他光着上身，露着结实的肌肉。武僧也不说话，竖起棍子，腾空撑起身体，瞬间踢出三脚，力量惊人。画龙后撤躲过，瘦强和胖虎被接连踢中，踉跄退了数步。

这是一名从别处寺庙而来的挂单武僧，云游到此，警方后来始终没有查明他的真实身份。

双方从室内战至院中，武僧摆了个起手式，背靠一座假山，防守反击。画龙三人成包围之势，武僧棍扫一大片，虎虎生风，三人难以靠近。

画龙认出，这名武僧使用的是少林六合棍法。

少林六合棍由六种棍法组合而成，适合实战。其特点是：短兵相接、棍法简捷、直取快攻、一招制胜。少林六合棍一直是少林寺秘不外传的镇寺之宝，经过历代高僧的修正和完善，棍法炉火纯青，更加精妙。

画龙说："先夺下他的棍子。"

胖虎奋不顾身，一马当先冲了过去，瘦强从右侧支援包抄。那名武僧不退反进，向前劈出一棍，正中胖虎鼻子，这一下就把胖虎的鼻梁打断了，胖虎捂着鼻子惨叫，瞬间失去了战斗力。武僧随即反手一击，棍子扫中瘦强小腿骨，瘦强简直痛入骨髓。此时，画龙已经到了身前，武僧将木棍猛地向前一伸，虚晃一下，故意诱得画龙去抓棍子，然后将棍子一拧，画龙不得不撒手。接着，武僧招式阴狠，棍端倾斜点向画龙裆部，画龙急忙后退，武僧以棍撑地竟然从画龙头顶翻过。

这几招险中求胜，眼花缭乱，接连击退三人。

瘦强忍痛再次出击，画龙转身一记侧踹，武僧横起棍子抵挡，借力向后一跃，逃出包围。

画龙和瘦强两人追击，无奈那武僧棍法密集，快速勇猛，边打边退，两人根本无法近身，这场恶斗居然连他的衣服都没有碰到……

这时候，赵书记带着一队武装警察赶到寺庙，赵书记一进山门就鸣枪示警，混乱之中，那名武僧翻过院墙，逃之夭夭。

释延心方丈说："我跟你们走，等我换身衣服。"

释延心方丈脱下僧袍，找了一位居士的便装穿在身上，他被戴上手铐，行至观音殿，他虔诚地向菩萨跪拜行礼。菩萨端坐莲台，手持净瓶杨柳，面带微笑，目送着他离开。

第二十六章 小偷之村

他似乎想明白了什么，
　　　大笑三声，笑完就死了。

河塘村，村前的河里开满荷花。

那一年，河水消退，池塘干涸，好久没下雨了，一片绿油油的荷叶却长势旺盛，荷叶有一人多高，密如树林，绿伞成荫，淤泥已经变成硬地，行走其间，荷花清香，恍如梦里。

河滩上的土地干裂，很多坑洼里有密密麻麻的小蝌蚪，也许再过半日，就会被晒死了。

释延心那时候还是个少年，跟着父亲挖藕，他把那些蝌蚪捏起来，一条一条扔向河里。

父亲问道："你这是在做什么？"

释延心说："救蝌蚪。"

父亲说："河堤上有这么多蝌蚪，你救得过来吗？"

释延心说："救一条，是一条。"

这世间的每一朵莲花都开在它应该开放的位置。

这世间的每一个人都出现在他必须出现的地方。

父亲挖了藕，在池塘里清洗干净，划着木船带他到县城集市上去卖。

他盘腿坐着，守着摊位，看眼前人来人往，看天上云卷云舒。这一切都具有禅意，来时的船系在桥下，他在桥上卖完了藕，断藕的空心中清风穿过，剩下的藕芽将来还会开花。

舍舟方能登岸，弃藕才能生莲。

尘缘未了，情丝未断，一枚莲子成为追溯的源头。

无论在淤泥、在浊世，当如莲花，不为污染。

父亲对他说："再穷再苦，也不要当小偷。"

菜市场里的小偷都是河塘村人，释延心看到某个小偷会喊一声二叔。二叔却不好意思地摆摆手，假装不认识，眼睛盯着一个老汉的口袋。

他们偷钱包，偷肉，偷蔬菜，偷自行车，偷挂在腰间的 BP 机。

那是 1999 年，县城的年轻人梳着当时流行的郭富城式的中分头，T 恤要塞在裤子里，以便露出挂在腰间的 BP 机，口头禅是：有事呼我。那时候，大街小巷传唱着这几首歌：

"千年等一回，等一回啊！千年等一回，我无悔啊！是谁在耳边，说，爱我永不变……"

"大河向东流哇，天上的星星参北斗哇……路见不平一声吼哇，该出手时就出手哇……"

"让我们红尘做伴，活得潇潇洒洒，策马奔腾，共享人世繁华……"

时光如流水，当年的菜市场被扩充为河道，如今已是千帆过尽。

释延心对父亲说："我不想卖藕了。"

父亲说："你想干啥？"

释延心说："摸分，就像他们一样，偷东西。"

河塘村民风强悍，笑贫不笑偷，村民把盗窃叫作摸分。周边的几个村庄，有些姑娘家找女婿都要问一下男方家里有几个摸分的，如果回答说摸分的有好几个，那女方竟会很中意。摸分的多，说明这家肯定富裕。

村长家养鸡，贩卖鸡蛋，辛辛苦苦却挣不了多少钱。

邻居没几年就翻新了房屋，六间平房，院墙三米多高，刷了红漆的大铁门非常气派，这都是因为邻居的两个孩子在城里盗窃，尽管钱来路不明，但还是让人眼红嫉妒。

村长对儿子说："海飞，你学点手艺，也去摸分吧。"

村长的儿子就是小偷披风。

那一年，释延心二十岁，水燕子十四岁，小偷披风只有六岁，三人拜了一位老师，就是村里有名的贼王。

贼王曾经上过大学，机械制造专业，"文革"期间被人打成了精神病，时好时坏，因此没有娶妻，孤身一人在全国各地流窜盗窃，从未失手，老了就洗手不干，回到村里，颐养天年。

贼王家的院子没有墙，也没有门，屋前有棵葡萄树，一只猫卧在树根，葡萄架上吊着几个小丫丫葫芦，尚未成熟，绿莹莹的煞是好看。无人敢到贼王家偷东西，很多人都见识过他的本事，慕名拜师的人络绎不绝。

释延心、水燕子、小偷披风三人站着，贼王躺在葡萄树下的摇椅上晃动身体，正眼也不瞧一下。

贼王闭目养神，慢慢说道："没有本事，可做不了我的徒弟。"

三人有点紧张，不敢说话。

贼王说："我不收女徒弟，女的笨手笨脚的，干不了这行。"

水燕子说："我不比男的差。"

贼王说："那我考考你。"

贼王从摇椅上站起来，抱起葡萄树下的猫，解开猫脖子上的铃铛，然后系在了葡萄枝上。

贼王说："你能把铃铛解下来，别让我听到铃铛响，我就收你。"

这有些难度，水燕子只有十四岁，个儿不高，踮起脚尖伸出手也够不到吊在葡萄枝下的铃铛，并且，贼王打的是个拉木结，此结容易打，但是很难解开，林场工人常常会打这种绳结拉动木头，解开绳结的时候，想要铃铛不发出声响，谈何容易。

贼王又躺在摇椅上，闭着眼睛说："给你十分钟时间。"

水燕子冥思苦想，也找不到办法。

释延心小声提示道："喂，墙边有个凳子……"

贼王的本意是要水燕子爬到葡萄架上，轻手轻脚解开铃铛。没想到，水燕子得到释延心的指点，从墙边搬了个凳子，尽管只有三条腿，她小心翼翼站在上面，手指捏住铃铛舌避免发出声音，另一只手折断葡萄枝，成功地解下了铃铛。

贼王有点失望地说："这是投机取巧，是作弊……就算是你过关了。"

贼王继续考验小偷披风，也许是为了照顾村长家的儿子，出的考题非常简单。那把凳子只有三条腿，贼王要求小偷披风去村后的林子里砍一截合适的柳树枝，做凳子腿。

小偷披风吓得哆嗦了一下，心里直打退堂鼓。

那片林子是个乱坟岗，杂草丛生，还长着一些柳树，几乎每棵树上都生着树瘤，看上去奇形怪状。即使是白天，大人走进乱坟岗也会胆怯，更何况此时天色渐晚，再加上乡村鬼怪的传说，让一个六岁的小孩去那坟地里，对他来说，就像死到临头一样恐怖。

贼王扔给他一把砍柴刀，说："干这行，得需要胆量，你要是害怕，就回家吧。"

小偷披风低着头想了一会儿，捡起了柴刀，半小时后，扛着一截柳枝回来了。他没有勇气去乱坟岗，而是在河边砍树，还在外面磨蹭了一会儿，计算好返回的时间。这个小孩子目光躲闪，不敢去看贼王，心里却已经想好了怎么撒谎辩解。

水燕子说："海飞，你胆子好大，敢去那林子里，林子里都是坟地啊。"

小偷披风说："燕子姐，我一点都不怕。"

释延心说："你遇到鬼了吗？"

小偷披风说："义哥，没有遇到鬼，我在那儿看到了人骨头，白的。"

贼王冷笑了一声，没有说什么，似乎已经看穿了他的心思。

贼王问释延心："你爹卖藕，可是个老实人，怎么会让你摸分？"

释延心说："师傅，是我自己想干的。"

贼王说："先别喊师傅，我还没答应收你做徒弟，先考考你，你知道这行的祖师爷是谁吗？"

释延心平时卖藕的时候，喜欢读书，看过四大名著，他回答："祖师爷是时迁。"

贼王说："拜师要给祖师爷磕头上香，我看电视新闻上说，市里的博物馆正在举办画展，"水浒一百单八将"，其中就有时迁画像，你把那幅画偷来，我就收你做徒弟。"

释延心从未盗窃过，第一次就要到博物馆偷东西，这可真是个巨大的考验。

贼王说："给你三天时间。"

贼王又提出了更高的要求，要求释延心在盗窃之前必须先通知博物馆。

释延心接受了这个难以完成的任务，他让水燕子和小偷披风做帮手，整个盗窃过程前面已经说过，不再赘述。总之，他顺利地偷到了画，挂在堂屋墙上，摆了香案，磕头行礼，向贼王正式拜师。

贼王说："盗，分三种境界。

"第一种，偷鸡摸狗，公交车上夹个钱包，火车站拎个箱子，这种是小贼，不足为道。

"第二种，侠盗，亦正亦邪，窃富济贫。

"第三种，窃国者侯，历史上有不少篡位夺权的人，王莽、曹操、李世民、武则天、赵匡胤，窃得一个国家，偷来一世繁华。"

释延心偷来一幅画，博物馆报警，公安局领导在电视上信誓旦旦地说，一定会抓到小偷。

贼王大怒，说："告诉这个人，我要偷他的警服。"

贼王亲自示范，带着三个徒弟，夜间潜入公安局领导的家，偷来领导的警服和那幅画一起放回了博物馆的展位。他现场教授如何入室盗窃、怎样开锁、怎样潜伏，包括着装细节、作案时间，都细心指导，谆谆教诲。

贼王让三个徒弟先学一些基本功，例如盯着香头锻炼夜间视力，两指夹砖锻炼力量，徒手抓苍蝇练习反应能力。

贼王说，盗窃行人的诀窍在于转移注意力，例如一个人用裤脚缠住自行车的后轮，推自行车的人必然会回头看，另一人就可以偷走前面车筐里的包。如果单独盗窃，可以往地上扔点零钱，然后"说你钱掉了"，那人肯定会低头捡钱，这时可以趁机下手伸进他的衣兜。

基础知识学完，随后进阶，贼王详细地传授了开锁技术，他仅仅是用口香糖就可以打开防盗门，用纸币就可以打开手铐，用医生的听诊器就能破解密码，打开保险箱。

三人中，释延心和水燕子学艺最精，青出于蓝而胜于蓝。

小偷披风因为年龄尚小，整天贪玩，常常心不在焉，并没有学到多少盗窃技术。

几年后，贼王无疾而终，去世的过程非常离奇。他乘坐公交车去一个地方，同座的是个看上去很老实的农民，已经睡着了，口袋里鼓鼓囊囊的，他忍不住下手偷了那人的钱包。结果一看，那正是他自己的钱包，身边睡着的那老实农民是个同行。他偷了一个钱包，身上的钱并没有因此而增加一分。

他似乎想明白了什么，大笑三声，笑完就死了。

第二十七章 雌雄大盗

池塘风平浪静,他的内心里却有一场海啸。
他感到极为震撼,
在他的盗窃生涯中从未有过这样的事情。

那一年，释延心二十四岁，水燕子十八岁，他们相爱了。

师傅进了火葬场，烧出了一缕青烟，有只鸟正好飞过烟囱上空，飞过了师傅不复存在的身体。房门紧锁，猫失踪了，只剩下院里的一棵葡萄树。此时，秋意正浓，霜染黄叶，虫鸣草底，葡萄上垂着晶莹的露珠，释延心和水燕子摘下一粒葡萄放入嘴里，酸甜带有凉意。

他们离开了河塘村，在县城里租了个房子，他们没有盗窃，而是在一家驾校考驾照。

水燕子说："义哥，咱们学会开车，可以偷车，老赚钱了。"

释延心说："燕儿，我要开着车，带你旅游全国。"

那时的科目二和现在的有所不同，有绕铁饼、过单边桥等。现在的科目二是练习倒车入库、直角转弯、曲线行驶、坡道起步、侧方位停车。三个月后，两人都拿到了驾照，学会了驾驶技术。

冬天，下了第一场雪，他们的出租屋紧靠街道，路边停着一辆拉煤的大卡车，司机在饭店里喝得烂醉。

水燕子说："哥，咱们也买点煤吧，天这么冷。"

释延心说："不用买煤，我带你去个暖和的地方。"

他们偷了那辆大卡车，一晚上开出了五百公里，在一个陌生的城市里卖掉了煤。

那时候，公路的监控设施并不完善，只需要换个假车牌，开着偷来的车也可以畅通无阻，即使遇到交警也无法联网验证真假，只要主动交点罚款就会放行。

一路向南，南方不冷。

国道边有很多配货站，给他们什么货他们也不计较，只要向南就可以。

他们活得随心所欲，自由自在，从来不会迷失方向，只是享受在路上的时光。

有人说，身体和灵魂，必须要有一个在路上。

两个人以车为家，他们改装了车厢，隔离出一个空间，放进去一张床，放进去桌子和折叠凳，放进去锅碗瓢盆、柴米油盐，既可以居住，又可以拉货，这成了他们的房车，这是他们偷来的一个家。

他们开着大卡车，一路行，一路偷。

在武汉，他们去看电影，专门盗窃前排观众的财物，一场电影下来，可以神不知鬼不觉地盗窃好几条金项链，以及十几个钱包。

在长沙和桂林，他们夜间盗窃数家手机店，那时候还没有智能触屏手机，比较流行的手机有翻盖的、滑盖的、直板的，这样的手机他们装满了几个塑料袋。

在安徽巢湖，他们进入湖边的一个别墅，住了三个晚上，别墅主人在外地工作，房子闲置着，他们在里面吃饭、睡觉，躺在沙发上看电视。

水燕子说："以后，我们也要买一套这样的房子。"

释延心说："只靠偷手机和钱包是不行的。"

水燕子说:"那怎么办?"

释延心说:"可以偷那些贪官的钱,他们的钱不敢存银行,就在办公室和家里藏着。"

水燕子说:"等咱们偷来的钱够买别墅,就结婚吧!"

释延心说:"好。"

尽管是别人的家,临走的时候,水燕子竟然有些依依不舍,她收拾好了床铺,洗刷了锅碗,还把别墅的地板拖了一遍。这和素质无关,也许源于一个女人对婚姻的憧憬。释延心和水燕子在柳州偶然遇到个老乡,打听到村里的一些事。

谁家盖了新房子,谁家的儿子进了监狱,谁家偷了一块价值连城的玉。

小偷披风的村长父亲去世了,没人管他,他整日在县城里游荡,跟一群小痞子混在一起。

释延心和水燕子继续向南,到了广西,途经一段乡间公路,他们把大卡车停在路边,去一个小饭馆吃饭。有一伙偷油贼开着面包车,借着夜色掩护,试图抽走卡车油箱里的油。

有时候,人们会看到卡车司机在车厢和车头处吊着绳床,躺在上面休息,其实也是为了保护油箱,避免被盗。

释延心大怒,他走南闯北,偷遍全国,这次竟然遇到了几个小贼,胆敢打他的主意。

释延心和水燕子立即追赶那伙偷油贼,卡车撞翻了面包车,偷油贼一死一伤。

这起交通事故成了他们命运的转折点，警方逮住了水燕子，释延心混乱之中跑了。在电棍的威胁下，水燕子交代了全部犯罪事实，他们怎样偷车，一路行窃，又是怎样撞死了人，种种事情抖搂得一干二净。

审讯警察说："你想立功吗？可以减轻刑罚，少判你几年。"

水燕子说："怎么立功啊？"

审讯警察说："你对象跑了，你帮我们抓住他。"

水燕子说："我不想，我希望他跑得远远的。"

审讯警察说："你要是一个人扛下这些罪，说不定会判你十年以上，无期徒刑也说不准。"

水燕子帮助警方诱捕了释延心，两人坐在同一辆警车上，一言不发，甚至没有看对方一眼。曾经相爱的两个人一瞬间形同陌路。爱的热情喂给冷风，恨的冷漠养成恶鬼。

几年后，释延心出狱，他走到一个十字路口，不知道何去何从，想了一会儿，向西而去。

人总是要经历错误的选择才能找到正确的方向。

他身无分文，再次盗窃，在一家医院里他偷了别人看病的钱，那人绝望自杀，从楼上跳了下来。他看着眼前那具血肉模糊的尸体，心生悔意，但是稍纵即逝，随即感到生命无常，悲喜难定。从此以后，他改为吃素，看到肉就恶心。

他放下了深夜的酒，习惯了早晨的粥。

释延心到过西藏，甚至远至印度，一路上读了不少的书。有时候，他也会想起水燕子,最初,恼恨水燕子出卖了他,帮助警方将他诱捕,后来云淡风轻,他放下了这段情缘。水燕子那时也已出狱,继续盗窃生涯,专偷官员办公室,她唯一的心愿是攒钱买一栋大房子。

他随遇而安,漫无目的,想停就停,想走就走。

风沙来,就走进风沙里。

大雪下,就站到大雪中。

释延心访遍名山大川,没钱就去盗窃。有一天,他在山上迷了路,夜里寻到一个寺庙,潜入大殿,想要偷走功德箱里的钱,却被巡夜僧人抓住,本来以为会被打一顿,再扭送派出所,没想到,寺庙住持竟然把他放了。

巡夜僧人说:"他想偷我们的钱,就这么放他走了?"

住持是个慈眉善目的老僧,他反问道:"这些钱,真是我们的吗?"

巡夜僧人支支吾吾,不知如何回答。

住持老僧说:"这些钱,来自众生,而他正是众生之一。"

释延心很是狼狈,扭头便要走。

住持老僧说:"施主,你忘了带走你的钱。"

住持老僧指了指功德箱。

释延心转过身来对着那住持老僧,目光有些凶狠,并且粗声地喊道:"这算什么意思,你知道我是谁吗?我是一个小偷,偷过车,偷过钱包,偷过手机,偷过各种东西,还进过监狱,说不准我还杀过人呢。"

住持老僧说:"施主,我不知道你是谁,我只知道你又累又饿,这些钱可以让你吃饱,找个旅店睡一觉,知道这些就够了。"

释延心说:"我是个小偷,你们抓住我,不仅不打我,还要我带走这些钱?"

住持老僧说:"这些钱也是你的,你随时都可以来拿走。"说完,老僧转身走开,只留下他一人,毕竟窃贼也有廉耻之心,当着众人的面也不好意思明目张胆地取出功德箱里的钱。

他赌气似的取出钱,揣在怀里,走出了大殿。

殿外有个池塘,莲花开了,每一片叶子中心都凝聚着露珠,每一颗露珠中都有一个明月。

他低下头,看到了这一切。

池塘风平浪静,他的内心里却有一场海啸。

他感到极为震撼,在他的盗窃生涯中从未有过这样的事情。

他因迷路来到这里,恍恍惚惚地离开。

这世间的每一朵莲花都开在它应该开放的位置。

这世间的每一个人都出现在他必须出现的地方。

山下的一个小镇,释延心在一个理发店理发,理发师问他,要个什么发型。

释延心说:"剃个光头吧,凉快。"

理发店的镜子前有个木板台子,上面放着剪刀、梳子、海绵、吹风机,还有一台旧收音机。他系着围布,看着镜子中的自己,理发师一点点把他的头发剃光,收音机里播放着一首歌——黄思婷的《自由》。

迷失在名利为福禄牵挂
像一场迷雾笼罩着你啊
淡薄的想法自在的人啊
像一场春雨滋润着莲花
浮生像落花寄流水年华
汲汲于经营奔波的人啊
心染的美丽看凡尘变化
盛开的绽放修持得升华
啊……啊……
……
嗡嘛呢叭弥吽 嗡嘛呢叭弥吽
嗡嘛呢叭弥吽 嗡嘛呢叭弥吽
……

　　一首佛歌使他顿悟，寺庙的钟声远远传来，他上山当了和尚，住持赐法名延心。

第二十八章 盗亦有道

这个盗窃团伙共有四人，
水燕子、小偷披风、高工，
还有一个人外号叫钢蛋。

释延心跟随高僧修行多年，回到家乡，为修建寺庙进行募捐。

村人对他出家当和尚感到惊讶，他走进那些以盗窃为生的村人家中，苦口婆心地说："你们偷来的其实是你们的子孙后代的钱，你们要拿出一些钱财积德行善，就可以消除业障，建庙是无量至上的功德，能惠及一方生灵，乃至十方众生。如果错过这个机缘，将来定万劫不复，子子孙孙都会受苦受穷。"

村人纷纷捐款，这不是出于善心，而是因为恐惧。

释延心去游说一些企业家："为僧众建经堂时，谁背一筐土，等同一筐金；捐一方土石，可填平人生坎坷之路；献一片砖瓦，可遮挡商海之风雨。"

企业家客客气气地将他请出去，只有少数老板捐助了一些钱。

释延心用筹集来的善款重修了出云山上的庙宇，取名为出云寺。

水燕子找上山来，释延心背对着她，一下一下清扫山门台阶上的落叶。

水燕子说："义哥，你真的出家当和尚了？"

释延心说："叫我延心法师。"

水燕子说："这么多年，你还是不肯原谅我吗？"

释延心说："我早已看破，早已放下。"

水燕子说："我等你还俗。"

释延心说："你走吧，不要再来了。"

释延心发下宏愿，要做九九八十一件善事，以消除自己过去的种种罪过，寻求解脱。他有时会想起医院里那个人，因为钱包被偷而跳楼自杀，那具血肉模糊的尸体常常在眼前浮现，这使他愧疚不安。

水燕子再次上山，这次还带来了小偷披风、高工，以及一个陌生人。

水燕子把钞票模板拿出来，放在释延心面前，说道："你不是想做八十一件善事吗，这个可以帮你完成心愿。"

释延心仔细端详着模板，看上去精雕细琢，他问道："这是什么？"

小偷披风说："义哥，这个东西可以印钱，我们花的钱就是这东西印出来的。"

释延心说："怎么来的？"

水燕子说："偷来的。"

小偷披风说："从银行金库里。"

这个盗窃团伙共有四人，水燕子、小偷披风、高工，还有一个人外号叫钢蛋。

钢蛋体形高大，身上总是臭烘烘的，就好像一个会走动的垃圾箱。他在银行当过保安，后来因品行不端被开除，钢蛋和小偷披风是在赌桌上认识的，两人一见如故。

那一天，钢蛋摸到一把好牌，恰逢坐庄，可以通吃，然而却没钱下注了。

赌徒甲说："没钱就赶紧回家吧。"

赌徒乙说:"是啊,别占着茅坑不拉屎。"

赌徒丙说:"要不把你媳妇儿叫来,押桌子上。"

赌徒丁说:"钢蛋,你别看我,你上回找我借的钱啥时候还?"

钢蛋不想错过这个赢钱的机会,他严肃地看了看几位赌徒,找了纸笔写下几个数字,折叠好,放在赌桌上,用手按着,似乎这字条非常贵重。

钢蛋说:"咱们市人民银行知道吧,我呢,在那儿当过保安,刚才写下的是银行金库转字锁密码,这几个数字可以说是价值连城,我就当赌注押桌上了,你们同意的话,咱就开牌。"

众人起初不解其意,随即哄堂大笑,有人甚至笑得捂着肚子弯下腰……钢蛋被当成神经病赶出了赌场。

说者无意,听者有心,小偷披风恰好也在赌场里,他找了个烧烤摊请钢蛋喝酒。

两人有着很多相似之处,同样的生活落魄,负债累累,嗜赌如命。那天,两人都喝多了,互相搂着膀子说了一些肝胆相照的话,两人不约而同地想到了盗窃金库,他们坐在烧烤摊的小马扎上,吃着一盘花生和毛豆,喝着啤酒,肆无忌惮地谈论如何盗窃。

小偷披风说:"哥,我给你讲个事,广东那边有一伙人抢劫银行时说了一句话:通通不许动,钱是国家的,命是自己的。大家都一声不吭躺倒,那伙人抢完钱走人。"

钢蛋品味着这句话,说道:"真是至理名言啊。"

小偷披风说:"不是我吹牛,没有我偷不来的东西,我们村,小偷之村,全国有名。"

钢蛋说:"我听说,你连路都偷。"

小偷披风说："好汉不提当年勇,这次,咱们去偷国家的钱。"

钢蛋说："金库里不仅有现金,还有金条,干这一票,一辈子不用愁了。"

小偷披风说："哥,我再问你最后一次,那密码能是真的吗?人家会不会换密码了?"

钢蛋说："我用脑袋保证,密码能用,库管主任没换,密码就不会换,这是规矩。库管主任是我老舅……不过,这可是大事,就咱俩能行吗?"

小偷披风说："还缺两个人。"

钢蛋说："谁?"

小偷披风说："一个是我师姐,还有一个是我亲戚——科学家。"

水燕子对盗窃银行金库很感兴趣,高工需要大笔资金用来发明创造,四人一拍即合。

钢蛋在银行做过保安,熟悉内部情况。他们画了图纸,标明了库门位置,以及监控探头的分布点。用了将近一个月的时间来做准备,盗窃的困难之处主要有三点:

一、金库夜间有两名保安值守,通往金库外门必须要经过值班室,如何解决两名保安?

二、金库外门安装的是电子指纹锁,需要银行领导按下指纹,并且由两名库管员同时使用两把钥匙才能打开外门。

三、金库内外都安装有监控系统和报警系统,没有死角,想要悄悄地溜进去是不可能的。

对于这些问题，他们动用了一些高科技手段。高工最初设想，他可以发明一种摄像头干扰器，屏蔽监控，然而被其他人否决了。因为只是干扰的话，反而会引起银行监控中心的警觉，弄巧成拙。他们发现了银行金库一个致命的漏洞，如果让银行停电，那么所有的监控探头以及电子报警系统都会失效。银行通常没有备用发电机。

他们又想到，只让银行停电还不行，银行肯定会通知电力局前来检修。

那么，就让银行所在的整条街道停电。

高工发明了一种电磁装置，只需要安装在变压器内，就可以让整条街道停电。变压器一般就在街边，想要破坏非常容易。

高工说："如果有必要的话，我可以让整个城市停电。"

水燕子说："没有我开不了的锁。"

水燕子精通各种开锁技术，从铁丝钩针到锡纸工具，再到较为先进的高压膨胀气囊、高频振动毛刷和电磁开锁器。这些年来，她的开锁技术越发精湛，甚至超过了贼王师傅。她还去金库门厂家找来了与金库相同型号的锁具进行测试。虽然金库使用的锁具设计很可靠，但有一个致命的弱点：所有的锁都必须能被锁匠打开，以免库门发生故障或钥匙丢失、密码忘记时无法处理。

这个弱点是盗窃金库得以实现的基础。

他们发现了金库外门的指纹锁，即使没有指纹，也可以用钥匙打开，这是为了防止手指受伤时无法打开库门。

对于怎样搞定值班室里的两名保安，他们事先准备了多种方案，购买了动物园里使用的麻醉枪，以及电击器和气雾迷药，等等。

盗窃的整个过程只用了半个多小时。

他们进行了分工，高工开车，拉着他自己发明的电磁装置，按照约定的时间破坏变压器，整条街道都停电了，一片漆黑，高工把车开到银行附近，在外围接应和盯梢。水燕子、小偷披风、钢蛋三人停电时就潜伏在了银行院内的冬青丛里。

停电后，金库值班的两名保安竟然擅离职守，他们离开了值班室。

一名保安说："哎呀，怎么停电了，我们出去看看。"

另一名保安说："没事，都停电了，你看对面小区的楼没有亮灯的，街灯也熄了。"

金库无人看守，水燕子动用高超的开锁技术，在黑暗之中，用锡纸工具打开了第一道简易门，甚至比原装钥匙开锁还快。三人走进通道，来到金库的外门。本来，他们准备好了夜视仪，没想到金库里有应急灯，停电就会亮起。水燕子往库门锁孔注入一种化学制剂，像泡沫一样可以迅速膨胀，然后凝固成型，水燕子抽出泡沫模具，现场配制了两把钥匙，插进锁孔，活动了几下，锁就被打开了。金库内门也是最后一道门，在应急灯的照射下显出精钢特有的光泽。这种锁的核心是轮组，轮组包含一个连接到心轴的密码拨号盘，只有转到正确的位置，驱动凸轮对齐内部所有的凹口，才可以开锁，轮组密码设计可以说是迄今为止最安全的密码设计。幸好钢蛋偶然得知密码，否则这伙贼即使有通天的本事也难以打开这道门。水燕子慢慢转动门上的轮盘，只听到轻微的声响，最后一道门打开了。

进入金库，三人有些失望，没有看到满墙的金砖，角落里有几个钱袋，装的是残币。

钢蛋说："柜子里肯定有现金。"

小偷披风说："说不定还有钻石呢。"

水燕子说："开哪一个柜子？我们时间不多。"

三人打开了金库最大的那个柜子，里面有个金属密码箱，时间紧迫，他们来不及在现场打开，迅速带着箱子逃离金库，回去后，发现箱子里装着一块钢制模板，拿在手里沉甸甸的，上面可以看到人民币的凹版图案。

这个盗窃团伙本来想偷的是现金，却误打误撞盗走了临时存放在金库的人民币模板。

这伙盗贼在作案过程中没有使用过暴力，三道门都没有任何被破坏的痕迹，完全是按照正常的流程被打开的。在窃贼作案的整个过程中，因为停电，金库内外的监控系统和报警系统全部失效。

这简直就是一次完美的犯罪。

第二十九章 步步生莲

他要做九九八十一件善事，这是毕生的宏愿，这些都需要钱。

钞票模板是个宝贝，但只有印出钱才能发挥价值，否则就是一块破铜烂铁。

开设地下印钞厂，需要一个合适的地点。

释延心提供了场地，寺庙后的山洞本是僧人闭关修行的场所，平时行人罕至，非常隐蔽，开印钞厂再合适不过了。他要做九九八十一件善事，这是毕生的宏愿，这些都需要钱。

八十一步，步步生莲。

他用错误的方式来做善事。

水燕子这些年专门盗窃官员办公室，积攒了一些钱。她拿出积蓄，让小偷披风和钢蛋购买了印钞设备。水燕子对释延心念念不忘，一是出于旧情，一是出于愧疚，她这辈子最美好的时光就是在一辆偷来的大卡车上度过的。那时候，她和释延心流浪于全国各地。

她总是在想，释延心还俗之后，就会和她结婚。

几个人为了各自的利益，走到了一起。

高工发挥自己的聪明才智，这个能造出飞机的农民不断调试机器，测试油墨和印钞纸，终于大功告成，印制出第一批钞票。

高工对小偷披风说："你去花钱。"

小偷披风很快返回，脸上挂了彩，他说："造的钱太假，一下子就被人认出来了，还给了我几拳头。"

高工又印了一批钱，让钢蛋去花。

钢蛋买了一个西瓜回来，这次，钱是花出去了，不过，路灯下卖水果的老太太眼神不好，甚至没有辨认钱的真假。

高工销毁了这一批纸币，失败两次之后，第三次印出的钞票看上去和真钞没有什么区别。他带着钢蛋和小偷披风找了个豪华的海鲜酒楼，一顿胡吃海喝，结账的时候花了两千多元。收银员问他："现金还是刷卡？"高工拿出一沓钱说："现金，今天刚从银行里取的。"

三个人眼睛发亮，看着那些钱成功地通过了验钞机。

此后，他们又多次去酒店、老凤祥金店等场所进行消费测试，他们印制的假币都没有被识破。

钢蛋对老婆说："我不会再赌博了。"

老婆说："你以前也这么说过，不止一次。"

钢蛋说："这是最后一次，我找到工作了。"

老婆说："什么工作啊？"

钢蛋说："在一个印刷厂上班，管吃管住。"

老婆说："一个月工资多少呢？"

钢蛋说："厂里是按天发工资，我呢，一天能挣一百多万吧。"

老婆说："一百万还是一百块啊，我看你是喝多了，说胡话呢，一天一百块，一个月三千，我们省吃俭用也够了，只要你走正道，不再赌博，我这辈子都跟着你，和你一起照顾好孩子，把他养大。"

钢蛋不再说话了，他突然想明白了一件事。

一个人穷尽一生想要得到的，也许正在自己身边。

小偷披风、高工、钢蛋三人吃住在寺庙，早晨八点准时到后山的山洞工作，晚上也自觉加班。一个异想天开的农民，两个游手好闲的赌徒，他们体会到用劳动创造财富的幸福感。忙碌的时候，释延心和水燕子也会来帮忙。这是一个理想的山洞，没有厂长，全是工人，没有干部，都是群众，没有阶层之分，每个人都各尽所能。他们无人偷懒，无人在干活的时候抽烟，印刷重地，谨防烟火。

很快，印出来的钱堆积如山，他们分成五份，给自己放了几天假。

小偷披风偿还了欠下的债务，假币流通开来，引起了警方的注意。他在赌博时被画龙、瘦强、胖虎抓获，团伙中其余四人商议决定，要把小偷披风从看守所救出来。钢蛋找人买通了看守所一个送饭的犯人，向小偷披风传达了协助他越狱的消息。

小偷披风自残，被送进医院，他打开手铐，跑到楼顶。

高工开着自己制造的直升机营救了他，警方抓捕失败。高工和小偷披风买了一辆二手车，拉着现金，仓皇出逃。

他们两人跑到外省，一个远房亲戚收留了他们。高工闲着无事，就把那辆二手车改装成了一辆坦克，或者说……一辆像坦克的玩意，看上去又丑又笨重。他焊制钢板，加厚车身，更换了发动机，把玻璃换成了防弹的，车顶上安装了可以旋转的炮筒。警方顺藤摸瓜，找上门来，高工叼着一根烟，驾驶着坦克横冲直撞，参与抓捕的警察被这钢铁怪兽吓住了，纷纷开枪，子弹打在坦克上，火花四溅，毫发未损。坦克跑上了街，一队警车在后面鸣笛追赶。

高工指挥小偷披风装弹，命令道："老弟，发射。"

小偷披风说："来吧。"

坦克的炮筒缓缓向后转动，瞄准了警车，警车戛然停下，车里的警察哪里见过这种阵仗，一个个面露惊慌，犹豫着要不要弃车而逃。这时，轰然一响，射出的不是炮弹，而是烟花弹，这最后的一幕有点搞笑。

高工说："嘿嘿，老弟，怎么样，我这坦克属于半成品，还没造好他们就来了。"

小偷披风说："我又要进监狱喽！"

警车停顿了一下，随后加速疾行，把坦克包围……

警方多方查找，一直没有钢蛋的消息，他可能带着老婆孩子去了某个偏远的小镇过着隐姓埋名的生活，甚至有人声称，他们一家偷渡去了国外。

水燕子也始终没有落网，这个被警方通缉多年的女贼狡兔三窟，练就了东躲西藏的本事。关于她，警方获取了最近的一条消息，某个金店临近下班的时候，一辆豪车停在门口，车上下来一位珠光宝气的阔太太，看上去有点苍老，这正是水燕子乔装改扮的。水燕子用大量现金买走了店里的一枚钻戒——一枚 4.03 克拉的铂金镶心形切割钻戒，也是店里最贵的商品。现金都是假币，但是成功地通过了店里的验钞机。警方后来展开调查，豪车是租来的，司机也不知道水燕子的真实身份。

司机和水燕子有过几句简短的对话。

司机说："你买这戒指，我猜，今天是你和老公的结婚纪念日吧？"

水燕子说："你猜错了。"

司机说："那是儿子结婚，求婚用的？"

水燕子说："是求婚用的，不过，不是我儿子。"

司机说："那我猜不出了。"

水燕子说："我呢，还是单身。"

司机说："对不起，我无意冒犯，不知道你是单身，你男朋友挺忙的吧？"

水燕子说："是啊，我等着他向我求婚。"

司机把水燕子拉到一个商场，随即离开。水燕子走进商场的卫生间，一会儿，出来的不是珠光宝气的阔太太，而是一位身穿制服工装的女性，看上去像某单位的会计或者银行的女职员，她的身影渐渐地消失在熙熙攘攘的人群之中，再也看不见了。

释延心让水燕子归还钞票模板其实用心良苦，水燕子日后落网，这也算是立功表现。

归还钞票模板是他做的最后一件善事。

唐僧西天取经，历经九九八十一难，终成正果。

这个和尚用那些不义之财做了九九八十一件善事，或为赎罪，或为忏悔，度己即是度天下众生。他让庙里的僧人给寒门学子发放学费，给绝症者施舍医疗费用，给穷山村修路。在一个花鸟市场，他让僧人买下所有的鸟，从笼中放生；在一个县城，他打听到一个因见义勇为落下伤残的年轻人，他送了大笔现金，并且叮嘱他不要存到银行里……

他派出了十名僧人，有两名没有返寺，携款私逃。

也许，不能用钱考验人性，因为人性经不起金钱的考验。

他让好人有好报，让苦难者得到帮助，让绝望者产生希望。

他念一声阿弥陀佛，被戴上手铐，进了监狱。

风沙来，就走进风沙里。

大雪下，就站到大雪中。

和尚的一些话有些深奥，画龙、胖虎、瘦强三人和他喝茶时曾进行过辩论，但并没有占上风。

画龙说："他是一个犯罪分子，还是一个得道高僧？"

胖虎说："我觉得他不是一个坏人，也不能说是好人。"

瘦强说："这个和尚，就是一个疯子。"

其实，他只是当年那个在河堤上救蝌蚪的孩子，土地干旱，荷叶如林，他把岸边水洼里的蝌蚪扔向河里，父亲问他：你救得过来吗？他的回答是：救一条，是一条。

河流无处不在，莲花无处不在，河流与莲花，转瞬成空。

第三卷
地狱崇拜

追逐影子的人,自己就是影子。

——荷马

　　房屋中介说:"小姑娘,你卖房,家里大人同意吗?"

　　小姑娘说:"这是我的房子啊,我没有爸爸,我妈去年意外死了,我自己说了算。"

　　房屋中介说:"那好吧,这份委托协议你看看,要是没问题的话，你就签个字。"

小姑娘说："什么时候给我钱？"

房屋中介说："乙方签完字，可以全款，也可以分期付款，一般是在合同签完后的七个工作日之内支付定金，办理过户手续，全部交接完毕后，你会收到尾款。"

小姑娘说："七天，不行啊，我今天就要收到钱，我可以卖便宜点。"

房屋中介说："房子好卖，但是今天肯定不行，人家都没签字呢！"

小姑娘说："我急用钱，我给那边便宜一半，行不？只要今天能把钱给我。"

房屋中介说："你不是开玩笑吧，小姑娘，天哪，你的房子起码值四十万呢，你便宜一半，就是二十万卖掉？"

小姑娘说："对啊，我明天就得赶紧去机场，我有急事。"

房屋中介说："这样吧，你的房子我买了，我今天就给你打款。你这么着急用钱干吗呀？"

小姑娘说："我偶像的演唱会后天晚上就要开始了。"

第三十章 富豪警察

绑架的动机除了图财,
还有可能是劫色。

苏眉的航班延误了四小时，晚上十点多，飞机才降落在深城机场。

苏眉拉着行李箱，穿一身玫瑰色小礼服裙，微卷的头发扎了个高马尾，黑色细高跟鞋踩在地上发出悦耳的声响，纤细的脚踝、美妙的小腿不时吸引路人的目光。

按照约定，深城公安局会派人来接，出站口却没有接机人的身影。

苏眉一脸冷漠，表情有点愠怒，走向停车场，打算乘坐出租车前往深城公安局。

一辆兰博基尼跑车停在苏眉身边，下来一个年轻人，穿着黑色西装，短发，英俊干练而又温文尔雅，苏眉对他的第一印象是觉得他长得有点像台湾影星彭于晏。此人名叫周功止，深城公安局的一名刑事警察，局里的同事都称呼他周公子。周公子是独子，家境优越，父母都是深城有名的富豪，多年来打造了一个以投资和房地产为主的商业帝国，本来寄希望于周公子继承家族产业，周公子却当了一名普普通通的警察。

周公子彬彬有礼，给苏眉打开车门，道歉说："对不起，苏警官，让你久等了。"

苏眉上车，打量了一下汽车内饰，说："开兰博基尼跑车的警察，我还是第一次见。"

周公子说："实不相瞒，这是我家最便宜的一辆车了。"

苏眉笑着问道："你为什么会当警察？开着跑车，每个月领着几千元的薪水。"

周公子讲起一件事，他很小的时候，司机和保姆送他去上学。路上有歹徒行凶，持刀挥砍无辜路人，人群惊慌逃避，只有一名警察独自跑了上去，制伏了歹徒。那是这个世间最美的逆行，面对危险，没有退缩，迎面而上，那个人群中逆行的身影在他幼小的心中留下了震撼的印象。从此，他每一次写作文，只要关于理想，他都会写自己长大后要做一名警察。

周公子说："你知道我当上警察后的理想是什么吗？"

苏眉说："不知道。"

周公子说："加入特案组！"

苏眉说："那你可要好好表现，这一次，除了协助贵局破案，我也负责寻找一名特案组新成员。"

苏眉当晚入住深城公安机关招待所，周公子给苏眉安排了一个商务套房。招待所是一个老气的名字，带有20世纪80年代的特色。这个招待所门面寒酸，前台简陋，内部装修却富丽堂皇，客房都是五星级酒店标准。

苏眉后来得知，招待所的装修费用都是由周公子出资，没有动用公款。

局长是位女性，当时颇为踌躇，女局长说："小周，你家有钱也不是这么花的，群众怎么看，总要顾及形象，还有，你身为警察，每天开跑车上下班，群众颇有微词。"

周公子对女局长说："全国各地来咱们深城出差的警察那么多，让他们的住宿条件好一点，有什么不妥的？我自己出钱，不动用公款，不花纳税人一分钱，我这是做好事，只是为了让同行住得舒服点。我开跑车怎么了？难道警察就要低调，非得骑自行车上下班，风吹日晒雨淋才是警察清正廉明的好形象？我真心希望我们国家的基层警察都能开得起好车。"

苏眉次日早早醒来，化了个淡妆，绾起发束，换上高级警官的白色制式衬衫，肩部警衔标志是一枚橄榄枝加三枚四角星花，下身穿贴身合体的黑色职业西裤，更显楚腰纤细，腿部修长。苏眉没有带任何文件，只抱着一台中科院特制的笔记本电脑，在周公子的引领下，来到深城公安局会议室。女局长主持会议，到会的有市局技侦支队、巡警支队、网警支队的负责人，以及警察公共关系处的领导和市局新闻发言人。

周公子说："欢迎苏警官。"

大家起立鼓掌，苏眉微微鞠身示意，径直走到放置自己名牌的座位，周公子曾在英国留学，非常有绅士风度，他帮助苏眉入座，苏眉轻声道谢。

一名警察起哄道："周公子这马屁拍的，我坐下时也没见他帮我推椅子。"

另一名警察说："你一个大老爷们儿，帮你推啥，你又不是女的。"

那名警察说："咱们局长可是女的啊，周公子也没这么献过殷勤。"

另一名警察说："你要不提醒我，我还真忘了咱们局长也是女的了。"

大家哄笑起来，女局长也皱眉笑了。

苏眉略显尴尬，周公子在她旁边坐下，解释说："这两人分别是负责技侦的刘支队和负责巡警工作的曹支队，职务上虽是领导但也是朋友，平时常开玩笑。"

女局长看了一眼手表，说道："别闹了，开会。"

案情很简单，一位明星来深城开演唱会，竟然神秘失踪了。这位明星的名字可以说是家喻户晓，妇孺皆知，他就是影视歌三栖明星薛亦晗，无论是在大陆还是在港澳台都拥有无数粉丝，在华人演艺圈拥有着非凡的影响力，多次获得影视大奖，很多歌曲都在大街小巷传唱。此次演唱会设在荔枝湾体育场，门票被抢购一空，现场爆满。演唱会结束后，薛亦晗住在三和国际大酒店十九楼，助理和保镖也住在同一楼层，第二天，助理敲门，无人回应，打电话也没有接。当时，房门反锁，酒店工作人员使用破拆工具打开门，屋内却没有人。这个房间自带一个露天的小阳台，阳台放着两把休闲椅、一张小茶桌，阳台与客房隔着一道落地玻璃门。

门开着，风吹进来。

助理的第一反应是：他不会跳楼了吧？

很多明星都患有抑郁症，助理跑向阳台，探头往下看，地上也没有尸体。

薛亦晗失去联系二十四小时之后，深城警方接到了经纪人的报案，随即对现场进行了勘察。警方初步认定，这是一起绑架案，楼顶护栏有悬挂重物的痕迹，至少有三名歹徒在夜间使用绳索从楼顶下滑至该房间的露台，采取暴力方式制服了薛亦晗，捆绑堵嘴蒙眼，并将其装进一个大号行李箱，没有通过酒店走廊，而是从阳台处用绳索捆扎好行李箱，将其缓缓下落到地面。酒店有二十一层，三根绳索从楼顶垂到地面，楼后僻静处的监控探头拍下了三人的模糊身影，他们将一个行李箱抬放至一辆无牌照的旧面包车上，疾驶而去。街道路面监控追踪至三和区城中村附近，便不见了他们的踪影……

女局长说："绑架大多是图财，不过目前受害者的家属并没有接到绑匪勒索赎金的消息。"

刘支队说："经过财物清点，薛亦晗的钱包、各种银行卡、手机都没有丢失，绑匪进入酒店房间的目的很明确，就是把人绑走，不知道苏警官对此案有何高见？"

苏眉说："还有一种可能，绑架的动机除了图财，还有可能是劫色，这也是一种侦查方向。"

刘支队说："监控拍下了三名歹徒的体貌特征，都是男性，要说劫色的话，三个男的绑架一个男明星，难道要搞同性恋？这有点难以理解。"

苏眉说："三名绑匪可能是受人之托，绑架案的主谋也许是一位追星的女粉丝，这种'脑残粉'迷恋偶像一旦到了极端变态的程度，就会有疯狂的举动。当然，我也只是一种主观上的猜测，我们特案组以往侦破过各种离奇变态的案子，有个养猪的屠夫绑架了一位富家千金，没有索取一分钱财，而是想和她结婚。我猜测，薛亦晗此时应该还活着，被囚禁在某个地方，或许还会在'脑残'女粉的逼迫下唱歌，举办只有一个观众的演唱会，这是只属于一个歌迷的节日。"

一名女网警说："脑残粉真的很疯狂，我见过一张新闻照片，粉丝对着偶像的海报磕头。"

刘支队说："据说，迈克尔·杰克逊每一场演唱会都有歌迷因为激动而晕倒，他死的时候有十二个歌迷悲痛万分，相约自杀。"

曹支队说："还有个明星曾经扶着一棵树拍过照片，后来，那棵树简直成了旅游景点，吸引了很多粉丝排着队与树合影，有的甚至做出亲吻和拥抱树干的动作。一位粉丝在网上留言说：我今天排队到凌晨一点，在同一地点和偶像做同一件事情感觉超级幸福。另一位粉丝留言说：我竟然嫉妒一棵树，好想把这棵树抱回家啊，哪怕抠下点树皮也行啊，这可是我家男神摸过的树啊。"

女局长说："追星族是一个庞大的群体，引发的社会现象值得我们重视和思考。"

警察公共关系处的领导说："这个案子目前还是保密状态，一旦曝光，后果不堪设想。"

市局新闻发言人说："我们的时间并不多，毕竟纸包不住火，希望我不会对媒体发布讣告。"

女局长说："必须限期侦破此案，还要把人活着解救出来！"

第三十一章 脑残粉丝

人气越高的明星,
　　"私生饭"就越多。

女局长将众人分成两个工作组，同时展开侦查。刘支队和曹支队负责寻找凶犯使用的那辆金杯牌面包车，以及对现场遗留下来的绳索进行调查，重点在三和区城中村展开摸排走访，此处有可能是绑匪的落脚点。苏眉和周公子对受害者的人际关系进行梳理，从中寻找犯罪嫌疑人。

案发后，薛亦晗的工作团队一直在酒店焦急地等待警方的进展。

薛亦晗有三个综艺节目要上、一个广告要拍，演唱会场馆方面还要补签一个分成协议，千头万绪，乱成一团，经纪人只好声称薛亦晗因劳累过度住进医院，暂时搪塞过去。

两个保镖案发当晚就住在隔壁，酒店房间隔音，他们在夜里并没有听到什么异常声响。

苏眉和周公子在酒店约谈了薛亦晗的两名保镖。

苏眉问道："你们认为作案者的身份是什么？"

保镖说："这个可不好说，我们只是被雇用的，这个月的安保经费还没发呢。"

周公子问："你们平时的工作很辛苦吧，都遇到过什么危险？"

保镖说："就是开车，举办活动时维持秩序，阻拦一下疯狂的粉丝。"

苏眉问："薛亦晗有什么仇人吗，和谁闹过矛盾？"

另一名保镖说："明星之间哪有什么大的矛盾，大家各自圈钱，闷声发大财。"

保镖说："我们是防谁的？"

另一名保镖说："首先，他就算有仇人，仇人也不会买票去看他的演唱会。"

保镖说："仇人也不会追他的车，再说，明星又不是黑社会，哪有什么仇人。"

另一名保镖说："我们保镖就是为了防备那些疯狂的粉丝，粉丝具有危险性。"

保镖说："没有哪个歌星敢独自走进尖叫的歌迷群中，会有无数双手伸向他，摸他，掐他、抓他，试图从他身上弄下点什么东西来留作纪念，哪怕是头发、耳环、纽扣。"

另一名保镖说："我碰到过至少五个这种疯狂的粉丝。"

苏眉又询问了一下经纪人和助理，谈话结果更加证实了她的猜测。

明星最怕什么？

"私生饭。"

什么是"私生饭"？

"私生饭"就是脑残粉丝中的极端脑残，侵犯明星私生活的 fans。

"脑残粉"以女孩居多，网上列举了十条"脑残粉"的行为，据说，中了三条就是标准的"脑残粉"。

1. 称呼偶像为老公。

2. 购买偶像代言或有关的产品。

3. 为维护偶像不惜与人骂战，与友绝交。
4. 生活中充满偶像元素，卧室贴着海报，手机壁纸换成偶像照片。
5. 给偶像写信，制作贺卡或礼物，偶像的每一条微博都点赞留言。
6. 成为粉丝团体的组织和领导者，有号召力。
7. 与偶像见面会尖叫到嘶哑，激动到哭泣甚至晕倒。
8. 追着偶像到处跑，接机接站。
9. 节衣缩食，省吃俭用，花掉几个月的生活费去看偶像演唱会。
10. 为偶像受过伤，或者自残自杀。

"私生饭"是明星的粉丝里行为极端、作风疯狂的一种。他们为满足自己的私欲，喜欢跟踪、偷窥、偷拍明星的日常以及未公开的行程和工作，骚扰明星，影响他们的私生活。其具体行为有跟踪、偷窥、跟拍工作期间的私人休闲、酒店蹲守、跟机拍摄、包车尾随等等。

人气越高的明星，"私生饭"就越多。

在线下，有黄牛专门提供追星服务，比如贩卖明星非公开工作场合信息，跟车拍照，等等。还有无孔不入的狗仔队。当红艺人往往没有私人生活和自由空间，一举一动大多都在狗仔队的监控中。而在线上，获取明星信息的渠道不计其数。

苏眉轻而易举地解锁了薛亦晗的 iPhone 7 手机，一个人的手机包含着很多隐私和秘密，苏眉希望从中找到一些破案线索。苏眉发现，薛亦晗的微博悄悄关注了十个漂亮的女粉丝，有高中校花，有职业白领，有嫩模，有时尚辣妈，还有两个 TS 人妖。

微信上，他和某个已婚女明星似乎有点暧昧，时常打情骂俏；和一个知名导演也是朋友，一起说过某个女明星的坏话。

薛亦晗的微博有几千万粉丝，微博评论里很多叫他老公的。

薛亦晗最讨厌的是网上被黑，还要顾及形象不能反击，每天都说着言不由衷的话，尽管一分钟前很难过，但是一分钟之后面对闪光灯还要强颜欢笑……

苏眉看得极其兴奋，时不时地瞪大眼睛，露出惊讶的神情，这大大满足了她的八卦之心。

她放下手机，伸个懒腰，这才发现桌上有她吃剩的半盘甜品，一杯果汁也喝光了，这都是周公子悄悄送来的，而她因为窥视明星手机上的隐私过于投入，竟然没有发觉。

苏眉说："周公子，你对这些一点都不感兴趣吗？"

周公子说："我也认识几个明星，平时私交不错，感觉他们没什么神秘的啊。"

苏眉说："你就没有什么偶像吗？"

周公子说："福尔摩斯算吗？"

苏眉说："你平时一定爱好看书吧？"

周公子说："悬疑推理类的书，爱伦·坡、阿加莎·克里斯蒂、奎因、江户川乱步、范·达因、岛田庄司、东野圭吾……哎呀，太多了，我几乎全部看过，还看过很多悬疑电影。当然，我也不是一个沉闷的人，周末都会去健身房，我还在练习格斗，有时会去海边钓鱼。"

苏眉说："公子哥不得每天泡在夜店嘛，身边美女如云，经常去迪拜和拉斯韦加斯赌场。"

周公子说:"我只是一名警察,我最大的乐趣是侦破一起棘手的案子。"

苏眉说:"我们特案组的画龙和包斩听说过吗?推理分析呢,你可能比不上小包;要说格斗打架,你肯定打不过画龙。"

周公子说:"画龙大哥和小包都是我很仰慕的人。"

苏眉说:"周公子,我喜欢你的谦逊,也可以说,你集合了他俩的优点呢。"

周公子说:"我可比不上他们,过奖了。"

苏眉说:"我先编程一个软件,看看能不能从这海量的信息中搜索出犯罪嫌疑人。"

周公子说:"这样可能是大海捞针,徒劳无功,不过,总要试一试吧。"

第三十二章 "三和大神"

没钱了再去打几天工,做做日结,如此重复着混吃等死的生活,过一天算一天,很少去思考未来。

刘支队和曹支队调集大量警力，对三和区城中村一带展开排查。

城中村是"城市里的村庄"，人员复杂，流动性大，生活水平低下，治安比较混乱。

深城三和区城中村是社会底层的最底层，那些因从事黄、赌、毒、高利贷、传销等非法行业而负债累累的人，和那些因各种原因而堕落的年轻人走投无路，只好浪迹天涯，三和是最适合跑路的地方，是他们心目中投奔的圣地。

首先，这里四季如春，没有冬天，即使露宿公园也不会感到寒冷。其次，这里有几个大型人才市场，周边有很多工厂企业，可以日结薪水，干一天活发一天工资。还有，这里消费水平很低，即使买不起一包烟，小商店还有散烟出售，租不起房子，还可以租个十元的床位。

三和人才市场后面的路上搭着一排棚屋，全是快餐店，价格低廉，以至于很多人怀疑这种小店用的是地沟油。

警方排查的第二天就找到了作案车辆，这辆无牌照面包车很旧了，左边车灯损坏，风挡玻璃裂开，贴着透明胶，停在一家面馆的墙边，车主正是这个面馆的老板。

面馆店面不大，门口有个油渍麻花的小餐车，兼卖锅盔和凉皮，餐车前面是个装满了卫生纸团的铁桶，苍蝇乱飞，墙上歪歪斜斜挂着个招牌：双丰面馆。

刘支队和曹支队走进店里,老板是个胖哥,正在忙碌,脖子上挂着脏兮兮的毛巾,时不时地擦把汗。这家店在三和很有名,面里只有几片生菜,几绺挂面,一大碗清汤,多年凭借四元一碗的良心价格极受欢迎,被人称为"挂壁面"。

"挂壁"这个词在三和使用频率非常高,指那些已经身无分文、走投无路的人。就连街上手里举着招工广告的黑中介,也大声喊着:挂壁挂壁,日结日结。

"挂壁"有多层含义,最形象的一种就是——你欠下债务,手机通信录上家人朋友的电话都被催债的打爆了,你在老家混不下去了,逃到南方一个叫三和的地方,过年也不敢回去,家人朋友渐渐地与你失去了联系,只有看着挂在墙壁上的合影照片,才能想起有你这么一个人。在家人眼中,你活着和死了没有什么区别。

这些全国各地而来的人也被称为"三和大神"。

警方在三和区抓捕过一些潜逃多年的通缉犯,犯罪分子也常隐姓埋名藏在这里。

刘支队和曹支队暗暗观察,不时地有"三和大神"走进店里,喊道:"老板,来碗挂壁面。"

这个忙碌的老板看着并不像是犯罪分子,很难想象他会绑架明星,监控拍到的三名嫌疑人也与他的体貌特征不太相符。

刘支队和曹支队开门见山,对面馆老板进行了询问。

老板称这辆面包车是他几年前在二手车市场买来的,只花了六千元,平时就是用来买菜。

刘支队说:"你这辆车有没有借给过别人,或者被盗过?"

面馆老板摇了摇头,说:"这破铜烂铁谁会偷啊,人家要偷也是去偷奔驰、奥迪和宝马车。"

曹支队拿出监控拍到的三名嫌疑人的照片,让老板辨认。

面馆老板歪着头,看着照片,照片很模糊,过了一会儿说:"这个人……有点像大头。"

面馆老板不太确定,又叫来老板娘辨认了一下,老板娘说:"是他,他的头那么大,好认。"

刘支队问道:"大头是谁?"

大头是这家面馆的洗碗工,案发后,再也没有出现过。

大头也是"三和大神"。

在公园,在路边,在小巷子里,常常看到一群年轻人睡在地上,这些人的口音五花八门,来自全国各地,他们来到这里不是为了打工,而是躲债,落魄到了极点,也就成了大神。

很难想象,这太平盛世,还有年轻人会落魄到饿倒街头的程度。

他们并不是流浪汉,只是懒惰成性,真正的"三和大神"连身份证和手机都没有,因为身份证和手机早已卖掉。没钱了就去打几天工,挣个几百块,然后就给自己放假。吃四块钱一碗的挂壁面,喝两块钱一大瓶的清蓝矿泉水,在五块钱包夜的网吧里睡一觉,再去赌几把扑克,买几张彩票,妄想着会中大奖。没钱了再去打几天工,做做日结,如此重复着混吃等死的生活,过一天算一天,很少去思考未来。

大头就是这群人中的一员。

面馆老板只知道大头姓彭，来自安徽，其他信息不详。

刘支队说："你都不认识这个大头还敢用他，还让他开着你的车去菜市场买菜？"

面馆老板说："他常来我店里吃面，我看他做日结也挺辛苦，就让他在我这儿干点活呗。"

曹支队说："他的身份证呢，你这里有吗？复印件也行。"

面馆老板说："身份证，前段时间他给卖了。"

刘支队说："他的手机号知道吗？"

面馆老板说："手机也卖了，一开机全是要账的。"

曹支队说："大头平时住哪里？"

面馆老板说："网吧、大街、公园，有钱了会去住小旅馆，要不就是巷子里的洗头房。"

刘支队和曹支队在会议上将这情况汇报给了女局长，女局长大怒，拍着桌子吼道："你俩是废物啊，车都找到了，还找不着人！"

刘支队说："那小子居无定所，认识他的人也不知道他的真实名字。"

苏眉说："我倒是有个办法，大头做过日结，他打工过的企业和工厂，电脑里肯定存有档案，即使是临时工也会有登记信息。最快的方法就是直接入侵企业的电脑，进入员工管理系统后台，这种系统一般基于 B/S 模式，采用 ASP、Microsoft Access、Dreamweaver 作为主要开发工具……"

女局长打断了苏眉的话，斩钉截铁地说："别说入侵企业电脑，就是联合国的电脑都行，出了事我担着，你现在就干吧。"

苏眉运用黑客技术，很快就找到了大头的信息。

经过调查，大头真名叫彭宇亮，二十五岁，户籍地江西萍乡农村，初中学历，毕业后游手好闲，欠下多家网贷平台十几万，还借了亲戚朋友几万元。后来，他走投无路，逃到深城三和，与家人断绝往来，已经在这里待了三年了。

这是真正的"三和大神"：负债累累，与家人失去联系，没有身份证，只做日结，干一天玩三天。

女局长下令："信息有了，照片也有了，你们不管用什么办法，哪怕挨家挨户地找，也要尽快把这个大头抓来。"

三和区常住人口和外来人口数量庞大，寻找一个没有身份证和手机的人如同大海捞针。

周公子与苏眉商议，可以采取守株待兔的方式，在大头常常出没的地方进行监控和蹲守。

为了掩人耳目，避免别人怀疑身份，周公子找来两身衣服，两人分别乔装打扮起来。

周公子换了一身劳保用品店买来的迷彩服装，看上去像是某个工厂的保安。

苏眉上身是一件灰色T恤，后背印着四个大字——三和电子，下身配了件肥大的绿色工装裤，脚上穿的是一双廉价的运动鞋，形象就是某个工厂的打工妹。

周公子和苏眉看到对方，都笑了。

苏眉展示自己的新形象，说道："怎么样，不是很难看吧？"

周公子说："就算是打工妹，也是厂花。"

苏眉说："天生丽质，没办法。你那身衣服配个战地靴，再戴一副墨镜，还是蛮酷的。"

周公子和苏眉住进城中村的两个单间，窗口分别对着双丰面馆以及大头常去的发廊，对其进行二十四小时监视，一名便衣刑警和一名女警予以协助。住宿条件非常简陋，没有空调，墙上的转头电风扇发出噪声，房间弥漫着汗腥味和臭脚丫子的味道。

周公子和苏眉相距不远，眼睛必须一直盯着监视点，大头随时可能出现。

两人用微信语音进行交流，周公子说："苏警官，抱歉，让你受苦了。"

苏眉说："这有什么呀，我还在乡下和野外住过呢，倒是你这个公子哥，不太习惯吧？"

周公子说："我让人给你送了杀虫剂和花露水，你那房间也有跳蚤吧？"

苏眉说："嗯，刚打死了一只，像豆子那么大。"

监视工作非常枯燥乏味，一名女警会按时替换苏眉。苏眉和周公子去街上吃饭，到处都是肮脏的小饭馆，为了工作，两人不得不硬着头皮去吃，也不在乎是否卫生，只为了填饱肚子。

第三十三章 发廊女神

红姐个儿高,卷发,
徐娘半老,叼根烟,眼神迷离,
有着那么一点点迷人的风尘气息。

苏眉负责监视大头常去的那家发廊，发廊位于一条巷子里，低矮的小门市，亮着暧昧的灯光。小巷的墙上布满电线，白色落水管对着臭烘烘的下水道，巷子里晾着花花绿绿的衣服，甚至还有内裤和胸罩，滴着水，小巷里一直湿漉漉的，墙缝里长着草。

　　大头常去的那家发廊有两个小姐，一个叫红姐，一个叫小圆球。

　　发廊连个招牌都没有，只在玻璃门上贴着"理发按摩""足浴保健"的字样，两个小姐穿着暴露的衣服坐在沙发上玩手机，或者看电视。红姐爱穿红裙子，小圆球喜欢穿一件低胸的白色紧身上衣，露着乳沟。小圆球除了胸大并没有什么姿色。红姐个儿高，卷发，徐娘半老，叼根烟，眼神迷离，有着那么一点点迷人的风尘气息。

　　警方没有打草惊蛇，而是先从外围调查了一下。

　　红姐来自四川，在三和区很有名，关于她的传说有很多。她结过一次婚，丈夫欠了一屁股债，不愿让她承担债务，于是和她离了婚。丈夫走投无路，跑到三和，她也跟了来。据说，丈夫后来抛下她，偷渡去了香港。这个痴情的女人就开了个发廊，一直在等候丈夫归来，挣的钱都替丈夫还了债。

　　红姐不止一次救助过饿倒在街头的"三和大神"，每次至少给十元钱，十元钱对很多人而言微不足道，但是可以让"三和大神"们吃上一碗四元的挂壁面，再花五元找个网吧睡一夜。

小圆球来历不明，后来警方调查才知道，这个女孩身上有两条人命。

小圆球在老家山西太原，醉酒驾车撞死一对母子，无力赔偿，隐姓埋名逃逸到了三和，红姐收留了走投无路的她。

红姐的发廊位于两栋旧楼之间的一条小巷，苏眉的监视点就在前楼，窗口正对着发廊，离得很近，有时候，红姐咳嗽的声音苏眉都可以听到。

周公子换班的时候，会找苏眉交流案情。

苏眉说："我们都蹲守好几天了，你觉得，大头会出现吗？"

周公子说："这种人懒惰成性，日结工作顶多做个三五天，发了工资肯定会来这个洗头房的。"

两人站在窗口，悄悄地观察发廊的情况，玻璃门上贴着壁纸，有点模糊，这时候，店里的手机响了，铃声很清晰地传来。苏眉示意周公子仔细倾听，红姐接了电话，不知道说些什么。苏眉兴奋地说："她的手机铃声是一首歌，薛亦晗唱的歌！"

这个情况引起了两人的警觉，发廊红姐很可能也是薛亦晗的粉丝，要不怎么会用他的歌做手机铃声呢。她在三和区一呼百应，会不会是她找了几个人绑架了薛亦晗，囚禁在发廊的暗室呢？

这种色情场所为了逃避警方打击，往往会设有秘密房间，甚至还留有专供逃跑的后门。

苏眉说："我有个大胆的想法。"

周公子说："什么想法呢？"

苏眉说："你找过小姐吗？"

周公子说:"没有……小眉,我一向洁身自爱,你开什么玩笑。"

苏眉说:"哎呀,你还有点急了,我的意思是……你可以去暗访一下。"

周公子说:"这个,我没有经验啊。"

苏眉指了指楼下的发廊,说道:"如果薛亦晗真的被关在这里面,你可算立了大功。"周公子犹豫了一会儿,终于点头同意。他看了一下时间,晚上九点四十分,他叮嘱苏眉,十点的时候必须给他打个电话,他也好找借口离开。

苏眉笑着说:"你怕什么,她们俩还能吃了你啊?"

周公子说:"我真的是第一次接受这样的任务。"

苏眉说:"流氓你都打得过,更何况俩女的,她们要是非礼你,你就跑,哈哈哈哈哈……"

周公子下了楼,硬着头皮走到发廊门口,他回头看了一眼苏眉所在的窗口,苏眉拉开窗帘,调皮地做了个 OK 的手势,示意他勇敢一些。

周公子深呼吸,鼓起勇气,推开了发廊的玻璃门。

红姐和小圆球见有人进来,笑着打了个招呼,像是对熟人那样说:"来了啊。"

周公子有点局促不安,问道:"你们这里,理发吗?"

小圆球说:"不理发,玩玩嘛。"

红姐说:"靓仔,快餐十五,包夜嘛,十二点到早上七点,只收你四十块。"

周公子平时很少抽烟,为了掩饰紧张,他点了根香烟,还递给红姐一根,慢条斯理道:"别急,先抽根烟。"红姐接过香烟,周公子有礼貌地给她点着，同时暗暗观察，这个发廊里还有个小房间，关着门。

周公子说："店里就你们俩啊？"

小圆球说："你还想玩几个？"

红姐说："双飞的话也可以，我俩随便你玩。"

周公子说："那个……你先给我做个按摩好了。"

红姐说："我看你是第一次来吧，这么放不开，还做什么按摩，打炮就打炮。"

周公子指了指门关着的那个房间："做按摩是去里面吗？"

红姐带周公子走进小房间，小圆球拿了U形锁把玻璃门锁了，坐在沙发上盯梢。小房间里有两张床，铺着床单，放着几件换洗衣服，看来，两个小姐平时就住在店里。红姐把门关上，随即快速地脱光了自己，仰躺在床上。

周公子不敢直视眼前白花花的肉体，心里有点焦急，迫切希望苏眉能打来电话，他也好找借口离开。他脑海中快速闪过几个念头，要不谎称自己没带钱，万一红姐让他微信支付呢？如果表明警察身份，肯定影响接下来的蹲守工作……

周公子急中生智，咳嗽了一下，说道："其实……我是个记者。"

周公子拿出一百块钱，表示自己想要采访红姐。

红姐坐起来，接过钱，习惯性地看了一眼纸币的真假。

周公子说："我是报社的，想对'三和大神'这个边缘群体做个专题报道。"

红姐说："靓仔，够大方，我请你吃肠粉，再喝个三五瓶啤酒，咱们可以边吃边说，我很了解'三和大神'。"

周公子说:"你先把衣服穿上好吗?"

红姐眯着眼,顺手摸了一下周公子的裆部,周公子吓得往后一躲。

红姐说:"我得讲职业道德,来吧,干完后我就接受你的采访。"

红姐换了个姿势,趴在床上,屁股对着周公子。

周公子只想夺门而逃,又想到发廊的门锁了,小圆球守在外面,他急得出了汗,不知如何是好。

这时候,外面传来一阵急促的拍门的声音,又有嫖客登门。小圆球让那人等会儿,那人似乎喝多了,不依不饶地继续拍门,小圆球只好把门打开。这时,周公子的手机响了,他还没来得及接苏眉的电话,发廊里就冲进来几个人,把那嫖客按在了地上,场面非常混乱,小圆球大喊大叫。随后,小房间的门也被踹开了,两个人拿着枪冲进来,对周公子喊道:"警察,都不许动。"

周公子和红姐被两名警察按在床上,戴上了手铐。

周公子急忙辩解道:"我也是警察,你们误会了。"

红姐嘟囔一句:"你不是记者吗?"

两名警察毫不理会,用对讲机汇报:"曹队曹队,大头被逮住了,还抓获嫖客一名。"

苏眉一直在盯着发廊,周公子进去之后没多久,发廊门口又出现一个人的身影,苏眉眼前一亮,此人正是警方寻找的大头!曹支队在巷子口的网吧里也安排了几名便衣警察,发现大头之后立刻冲进发廊实施了抓捕。苏眉一边跑下楼,一边打电话通知周公子,警察却误打误撞把周公子当嫖客抓了⋯⋯

第三十四章 键盘大侠

皮裤哥是这起绑架案的发起人和组织者，他身上穿的那条旧皮裤已经表明身份。

苏眉请周公子吃饭，地点选在一个大厦的空中花园餐厅。

这家餐厅位于楼顶，绿草茵茵，鲜花怒放，整个城市风景尽收眼底，餐厅主打新概念中国菜，拥有来自世界各地的精品葡萄酒和香槟。

苏眉举起酒杯说道："我得表达一下歉意，让你出糗了。"

周公子笑着碰杯，说："小眉，不怪你，你也没想到会这样啊。"

苏眉说："身为警察，被曹支队手下的人当嫖客给抓了现行，听说你当时都没穿衣服啊。"

周公子说："不不不，那个红姐没穿衣服，死活拽着我不让走，我还从来没有这么丢脸过。"

苏眉抿嘴笑了，说："你差点就抓住大头了，可惜被曹支队的人捷足先登。"

周公子说："龙潭虎穴我都敢闯，只是我第一次去色情场所，有点胆怯。"

苏眉说："今天我埋单，请你喝酒，压压惊，要知道，我平时很抠门的啊。"

周公子说："还是我埋单吧……实不相瞒，这家餐厅，包括这栋楼，都是我家的产业。"

苏眉有点尴尬，说："好吧，我欠你个人情，下次我帮你，让你亲手抓住罪犯！"

周公子说:"谢谢你,我从警一年多,还从来没有亲手抓住过大案子的要犯。"

大头被捕,他喝得醉醺醺的,思维混乱,言语不清,警方想等他酒醒之后再进行审讯。

审讯椅上的大头昏昏欲睡,女局长端起一盆水泼到大头身上,大头一激灵,立刻清醒了许多。大头随后交代了作案的整个过程,作案者共有三人,他们是在一个贴吧里认识的。

这个贴吧人数不多,现在已经被封。贴吧里看上去全是隐藏的职业杀手,这是职业杀手在网络聚集的地方。帖子内容令人触目惊心。

作案者一共有三人,他们都是在贴吧里认识的,分别是:大头、三五瓶、皮裤哥。

他们组成犯罪团伙的过程很简单,就是同流合污,物以类聚。

大头,一个穷困潦倒但又好逸恶劳的青年,吃最便宜的面,抽最廉价的香烟,心情好就去做几天工,挣来几百块,要么赌,要么嫖,要么去网吧包夜。三和的黑网吧多如牛毛,网费很便宜,也许是因为没有执照,黑网吧的门上写着"网络出租屋"。

他整夜待在网吧,因为无处可去。网吧的电脑里不时传来"澳门顶级赌场上线啦"的声音。

"三和大神"的网瘾很严重,老人常常对新人说:"兄弟,那是黑厂,咱们先去上网。"

大头在网吧里不打游戏,不看电影,而是热衷于浏览贴吧。他化身为键盘侠，针砭时弊，指点江山，对朝鲜半岛局势有着独到的见解，他评论政治性帖子会说"郭嘉在下一盘很大的棋"，他仇日反美，对体育、医学、天文知识似乎非常精通，侃侃而谈，看到美女帖子往往回复的是：老姐，我想……

三五瓶是戒赌吧的名人，他的出名是因为一个帖子，内容如下：
"本人沦落广州火车站这边，现在只剩下网费卡里的十一元钱。
"再有两小时就大街上去溜达啦。有没有吧友帮我一把的？
"请吃几个炒菜。喝他三五瓶啤酒。安排个有电脑的住宿。明早就滚蛋。"

有人回帖：
"即使输到瘫痪，也能保持着那份淡定与从容，好一句喝他个三五瓶，这是何等潇洒与豪爽，又是何等大无畏气概，身边有酒的，一起喝起来，先干为敬。"

这个帖子很火爆，评论者众多，数以千计，三五瓶也因此而出名，经过网友的指点，他从广州火车站跑路到了三和。

皮裤哥，"三和大神"里的贵族，常年穿着一件旧皮裤，独来独往，神神秘秘，他总是坐在网吧的角落里，打字时小心谨慎，要观察下周围是否有人偷看。

案发前一天，皮裤哥在杀手贴吧发了帖子，声称自己接了个单子，征集深城三和区的合伙人，大头和三五瓶都在三和，发站内私信应征，三人约好在海信人才市场的台阶处见面，每人手里拿着一瓶"清蓝"矿泉水作为接头暗号。

皮裤哥看上去很有经验，特意叮嘱说："你俩把大水瓶子倒过来拿，把水喝光，这样就不会认错人了。"

此时，天微微亮，三人打着哈欠，擦擦眼屎，从三个不同的网吧走出来，每人手里拿着瓶矿泉水。这三个人并不相识，但是他们同为"三和大神"，同样落魄潦倒，相同的遭遇和处境使得他们见面时感觉很亲切。

皮裤哥是这起绑架案的发起人和组织者，他身上穿的那条旧皮裤已经表明身份。

大头说："嘿，你就是皮裤哥啊。"

皮裤哥说："兄弟，我见过你，在那个面馆里。"

三五瓶说："大头，你还冒充职业杀手，我也吃过挂壁面，见过你。"

皮裤哥听到杀手一词，皱眉说道："小点声，我们谈谈正事。"

三五瓶说："大头，你杀过人吗？"

大头轻描淡写地说："当然，这没什么，我不爱说这个。"

三五瓶说："你一会儿就得回面馆洗碗吧。"

皮裤哥说："规则一，不要互相打听对方的过去。"

三五瓶说："老哥，稳，你说。"

皮裤哥说："我接的单子不大，算是个小单子。"

大头说："什么单子，帮人报仇是吗，废人一条腿？"

皮裤哥说："不是寻仇，只是小单子。"

大头放下心来说："打打杀杀的，我也厌倦了。"

三五瓶说:"老哥,你直说吧,我俩跟你干。"

皮裤哥说:"其实吧,就是把一个人带走,交给委托人,就行了。"

大头说:"什么人啊?"

皮裤哥说:"一个高炮。"

高炮指的是放高利贷的人。

三五瓶说:"委托人是谁啊?咱们的雇主出多少钱啊?"

皮裤哥说:"规则二,不要打听委托人的身份,我和委托人单线联系。"

三五瓶说:"高炮害得我无家可归,我早就想找个高炮,先给他一顿军体拳。"

大头说:"咱三个人沦落在这里,哪一个不是高炮害的?"

三五瓶说:"就是不给钱,我也想找个高炮打一顿,报酬多少?"

皮裤哥说:"你俩每人五千元。"

大头说:"不干,我走了。我们这算是绑架啊,才给五千。"

三五瓶说:"老哥,五千是少点,高炮身边都有马仔,这活可不好干。"

皮裤哥说:"大头,你那面馆是不是有辆旧面包车?"

大头说:"是啊,我平时也帮老板买买菜。"

皮裤哥说:"到时候,你负责把车开出来,给你加一千。"

大头说:"六千?走了,我走了,你没诚意。"

三五瓶说:"每人一万,这活最少这个价,这是绑架啊!"

皮裤哥说:"这可不算是绑架,我们只是把那高炮强制性带走,交给委托人,我们又不参与敲诈勒索,怎么能是绑架呢?我还是懂点法律的。"

大头说:"我开车,我一万一,他一万,行的话,这活就跟你干了。"

三五瓶说:"你一个人可干不了,高炮不好对付。"

皮裤哥说:"行吧,成交!不过,我得交代一下。"

大头说:"我没有银行卡,手机和身份证都卖了,你得给我现金。"

三五瓶说:"到时候你微信给我转账就行。"

皮裤哥说:"规则三,你俩都得听我的,因为你俩没经验。"

三人等待着委托人的消息,他们本想喝点酒,皮裤哥认为作案前应该保持清醒的头脑。他们走进一个小巷,找了个纸箱子,铺平,躺了下来。三和区的很多街道小巷都有躺在地上睡觉的年轻人,他们把露宿的街头称为海信大酒店。

大头说:"等干完活,有了钱,我天天去找红姐啪啪啪,再买个挂壁机,没有手机不习惯。"

三五瓶说:"啪啪完,再买买彩票,玩玩梭哈,还不是美滋滋。"

大头说:"我就用这一万块当本钱,只玩六合彩,就不信翻不了身,上不了岸。"

皮裤哥不屑地说:"你俩赌下去,早晚烂在大街上。"

大头说:"搏一搏,单车变摩托;赌一赌,摩托变吉普;梭一梭,吉普变路虎!要想富,下重注,不怕输得苦,就怕断了赌,小赌养家糊口,大赌发家致富!哪家小孩天天哭,哪个赌友天天输?"

三五瓶说:"还是那句话,不要尿,就是干。梭哈,梭哈,全梭哈!赢了,会所嫩模;输了,下海干活!"

第三十五章 绑架明星

几个小时前,
　　　　他还在万众瞩目的聚光灯下唱歌,
　　　　现在却突然被装进狭小的行李箱,生死未卜。

皮裤哥的手机响了一下，屏幕上亮起新的微信消息。

委托人或者说雇主，用微信告知皮裤哥作案时间和地点。

皮裤哥一直神神秘秘地挡着手机，大头和三五瓶用眼角的余光偷窥到委托人的微信，委托人的网名叫八又雯，头像是一个男人的卡通形象。

八又雯，这名字看上去是一个女人，头像却是男的。

皮裤哥提到购买工具，对方发来五个二百元的红包，红包上写着：拜、托、你、们、了。

皮裤哥亮起手机说："看到了吧，我的委托人发了一千定金，今天夜里，咱们就干这一票。"

大头说："要不咱们把这一千元分了吧？"

三五瓶说："你真没出息，皮裤老哥，我觉得大头不行，活没干呢，先想分钱。"

皮裤哥说："临阵换将，军心不稳，我们得让大头开车，换下他可不行。"

大头说："我开玩笑呢，还当真了。"

他们三人先吃了顿饱饭，然后去买了三卷攀岩用的绳子、胶带、撬棍、口罩、手套，还有一个大号的行李箱。事先做过测验，三五瓶身高一米七，体重五十三千克，和绑架的目标身材差不多，完全可以装进箱子里。怎么捆绑箱子，从高处放至地面，也做了几次演示。

傍晚时，他们去三和国际大酒店踩点，从酒店的安全通道上到楼顶。

薛亦晗住在该酒店十九楼，房间外面有个阳台，皮裤哥从楼顶扔了个小石子，用来确认楼顶到阳台的直线位置，然后在楼顶做了三处记号，在这里系上三根绳子，就可以下垂到十九楼阳台。阳台到房间有一道简易的推拉门，即使锁上，也很容易撬开。

大头说："说实话，我有点恐高，这一不小心掉下去就摔死了。"

三五瓶说："你还职业杀手呢，回去洗碗去吧。"

皮裤哥掏出一把细长的折叠尖刀，轻描淡写地剃着指甲说："谁也别想退出。"

三五瓶说："我们下去了就上不来了，手脚一定要干净利索。"

皮裤哥说："高炮的马仔就住在隔壁，千万不要惊动他们，一个负责捂嘴，两个拧胳膊。"

大头说："行，我干，这个我懂，还可以把门反锁，马仔也进不来。"

皮裤哥说："背水一战，没有退路，只能成功，不许失败。"

大头说："最好找委托人再要点定金，买箱子绳子就花了好几百。"

三五瓶说："对啊，一千定金太少，再要三千，到时候交货了，对方不给钱咋办。"

皮裤哥说："我有我的原则和信誉，办完事后再收钱，如果对方不给……"

皮裤哥目露凶光，用手里的刀子做了个割喉的动作。

案发当晚，薛亦晗演唱会十点半结束，回到酒店，他和工作人员聚餐到半夜，还喝了几杯红酒，回到房间就睡了。他做了一个梦，梦到演唱会人潮人海，无数双手向他挥舞，他陶醉在掌声中，眯着眼睛唱歌，似乎只有天堂才有这样美妙动人的歌声，万千歌迷随他一起唱。突然，那些荧光棒变成了怪兽的眼睛，一眨一眨的，在场的歌迷粉丝都成了野猪，一个个青面獠牙，喘着粗气，伴奏也停了，只有他一人站在场地中间，歌声难听刺耳，他停下，恐惧地看到无数的野兽向他奔跑过来。

夜里三点钟，薛亦晗从噩梦中惊醒，突然坐起来，他的床前站着三个人。

房间里只开了夜灯，光线黑暗，三名犯罪分子潜入房间。他们屏住呼吸，蹑手蹑脚走到床前，薛亦晗从噩梦中突然坐起，三人吓了一跳，大头紧张得手里的胶带掉在了地上。

薛亦晗揉揉眼睛，还没搞清怎么回事，皮裤哥和三五瓶已经扑到床上死死地压住了他。

皮裤哥低吼一声："快动手！"

薛亦晗说："你们想干什么，喂，等等……"

皮裤哥猛击一拳，和三五瓶反拧薛亦晗的胳膊，把他的脸按在枕头上，不让他发出声音。

大头摸索了一会儿才从地上捡起胶带，手哆嗦着，却找不到断头。皮裤哥事先已经考虑到这一点，所以在胶带卷的断头处粘了个回形针，方便揭开，由此可见，他是个非常专业、注重细节的犯罪分子。

皮裤哥一脚踹倒大头，骂了声废物，拿起胶带刺刺啦啦撕开一段，贴在薛亦晗的嘴巴上，随后又缠了几圈，手和脚也用胶带捆紧。薛亦晗只穿着内裤，身体蜷缩在床上，嘴巴呜呜叫着，只能像羔羊一样任人摆布。

三五瓶翻看着床头柜上的东西，想要偷走薛亦晗的手机。

皮裤哥说："放下，快走。"

三五瓶说："可惜了，苹果手机啊。"

他们把薛亦晗装进行李箱，用绳索捆好箱子，从阳台处缓缓地垂吊至地面。

薛亦晗从天堂坠入地狱，很难想象，几个小时前，他还在万众瞩目的聚光灯下唱歌，现在却突然被装进狭小的行李箱，生死未卜，完全不知道对方想做什么，他被吊在空中的时候已经吓晕过去……

三人开着面馆的那辆旧面包车，来到约定的接头地点——临河路边的一个大型广告牌下面。

在车上的时候，皮裤哥就已经给委托人八又雯发了微信，说："得手了。"

八又雯回复一会儿见，然后发了好多OK的表情图案。

到了接头地点，皮裤哥让三五瓶和大头躲在广告牌后面，告诉他们："不知道对方来几个人，要是我有什么危险，你们再出来。"

一辆出租车远远地停下，熄了火，车上下来一个女孩，穿着宽松的长T恤、牛仔毛边短裤，露着肥粗的腿，快步跑了过来。

这女孩就是八又雯，她看上去很兴奋，一连串地问："在哪儿呢？在哪儿呢？在哪儿呢？"

皮裤哥打开面包车后门，费劲地把行李箱搬了下来。

八又雯站在旁边，手舞足蹈地说："轻点，轻点。"

她蹲下来，深呼吸，一点点地拉开了箱子拉链，随即泪水模糊了眼睛，她用力擦干泪水，用一种因过度激动而有些颤抖的声音说道："是他，他死了吗？"

皮裤哥探了一下鼻息，说："没死，晕过去了。"

八又雯拍拍胸口，松了一口气，随即抱了一下箱子，还用脸蹭了几下。

皮裤哥感觉这个女孩举止异常，便索要酬金，他压低声音说："你给了一千定金，再给四万九就行了。"

八又雯从裤兜里拿出手机，用微信支付了一万九千元，其余三万用支付宝付款。

大头和三五瓶从广告牌后面跳出来，说道："好啊，皮裤，原来是五万，只给我们每人一万，可说不过去。"

八又雯吓了一跳，惊慌失措地说："钱呢，我已经给了，你们怎么分我不管，那啥，我先走了，谢谢你们了啊。"

大头说："妹子，我有车，要不要送送你？"

八又雯拉起行李箱，说："不用，我打车了，谢谢了啊，再见。"

三个人，五万元，不太好分。

大头讨价还价，想把自己的酬金提高到一万五千元，三五瓶觉得三人均分最合适。

皮裤哥亮出刀子，说道："给你们的，一分不会少，要是想从我这儿多拿钱，问问我的刀子答不答应。"

他们开车找了个取款机，分了钱，各自离开。

通过对大头的审讯，警方了解到，三名犯罪分子并不知道他们绑走的是明星薛亦晗，一直认为是个放高利贷的人，大头也不清楚薛亦晗的下落，至于那个网名叫八又雯的女孩，大头了解的信息也不多。

女局长召开紧急会议，肯定了苏眉之前的观点，这起绑架案件就是一个女粉丝雇用了三名犯罪分子绑架了偶像。

没等会议结束，刘支队和曹支队各带一队人马，风风火火地去抓捕三五瓶和皮裤哥，两人都是急性子，抢功心切。刘支队调取了取款机的监控录像，获得了皮裤哥的照片，不过，皮裤哥取款时戴着口罩，照片并没有什么侦破价值。曹支队调集了大量警力对皮裤哥和三五瓶平时出没的网吧和小旅店进行走访和排查，没想到，排查了没多久，就在一个网吧里误打误撞遇到了皮裤哥。毕竟，他穿的那条皮裤给每一个网吧老板都留下了深刻的印象。

皮裤哥拒捕，持刀扎伤了曹支队的手臂，他刚跑出网吧，就被数名警察按在了地上。

皮裤哥在警车上就交代了三五瓶的住处，在皮裤哥的指认下，曹支队又在一个小旅店抓捕了三五瓶。

曹支队连伤口都没有包扎，急匆匆返回公安局，他一脸得意，走进局长办公室。

曹支队进门就哈哈大笑，女局长莫名其妙地看着他。

曹支队说："一石二鸟，一箭双雕，一网打尽。"

女局长惊喜地说："怎么，这么快就抓到人了？"

曹支队说："两个，不，三个，都是我抓到的。"

女局长说："行啊，老曹，真有你的，你这次可算是立了大功了。"

曹支队坐下来,把脚跷到茶几上,点上一根烟。平时,他可不敢在女局长办公室抽烟,这次,他居功自傲,直接把烟灰弹在了地上。

女局长说:"老曹,你受伤了啊,快去包扎一下。"

曹支队摇了摇夹着香烟的手指,表示自己伤势无碍,他说:"不是我吹,刘队半个月也找不着人,毛都找不着,还有请来的那个苏警官,小周还天天围着她转,这小子是不是看上人家了,不好好办案,还有心思泡妞。那个苏警官只会喝着咖啡敲几下电脑,这样就能破案啦?"

曹支队嗤之以鼻,自问自答:"扯淡!"

苏眉和周公子刚巧站在门外,听到这番话有些尴尬。周公子想要进去和曹支队理论一下,苏眉赶紧劝住,拉着他悄悄走开了。

第三十六章 职业杀手

监狱会让我浴火重生，
　　凤凰涅槃，
　　监狱会让我成为一名合格的职业杀手。

犯罪团伙三名成员落网，幕后主谋是一位叫八又雯的女孩。

因为八又雯和皮裤哥是单线联系，大头和三五瓶提供的信息并不多，他们俩只是皮裤哥雇用的帮凶。警方把重点放在皮裤哥身上，必须在他身上找到突破点，女局长亲自审讯，希望尽快掌握薛亦晗的下落，将这个落入粉丝魔爪的大明星解救出来。

女局长说："姓名？"

皮裤哥说："赵一旋。"

女局长说："年龄？"

皮裤哥说："二十一岁。"

女局长说："籍贯？"

皮裤哥说："山西太原。"

女局长说："职业？"

皮裤哥说："杀手。"

女局长说："什么？你抬起头来，我再问你一遍，职业？"

皮裤哥抬起头，目光阴冷，郑重地说道："杀手，职业杀手！"

皮裤哥在审讯中大言不惭地说："你们以为抓住我这么容易啊，其实，你们不知道我的真实想法，我根本没想跑，拿刀子捅伤那个领头的警察，这是我的本能反应。说出来你们可能不信，我是故意让你们抓住的，我的目的是什么呢？我要进监狱，作为一名职业杀手，必须要进一次监狱，监狱是职业杀手的大学，里面有高人，可以让我学习、锻炼，让我成长，出狱就等于毕业，出狱后，我就无所畏惧，更上一层楼，监狱会让我浴火重生，凤凰涅槃，监狱会让我成为一名合格的职业杀手。"

有的人，从小立志做个警察，例如周公子。

有的人，却一直梦想着当个职业杀手，例如皮裤哥。

皮裤哥出生在一个小康之家，父母都是矿务局的小领导，家境富裕，生活优越。他在小学和初中时成绩名列前茅，还上过各种兴趣班，会下围棋，会拉小提琴，乒乓球打得也不错。

高一的时候，他恋爱了，早恋是他的命运转折点。

父母自然反对，对他严加管教，让他把心思放在学习上，还没收了他的手机，周末也不让他出门，他因此厌恶父母。没有手机可以娱乐，他喜欢上了看书，最爱看的是古龙的武侠小说，对于书里的杀手如数家珍，他还列了个杀手排行榜：第一名宫九，第二名韩棠，第三名中原一点红，第四是叶翔，第五孟星魂，第六荆无命……

从那时起，他的学习成绩开始下降，发呆时会幻想着自己当一名职业杀手。

皮裤哥的早恋因父母的阻挠而告终，高三的时候，女友又有了新的男朋友——一个体育班的男生，两人成双成对、花前月下，公开在校园里拉手散步。皮裤哥无法接受别人横刀夺爱，愤怒和嫉妒使他失去了理智，他向那名体育生发起挑战，约好中秋节放假那天在学校外的小树林里单挑。

体育生身高一米八，是校篮球队的中锋，皮裤哥赤手空拳根本不是他的对手。

皮裤哥积极备战，从本地的一个旅游商店买了把武士刀，将刀刃打磨锋利，从网上自学日本剑道，还找了片甘蔗地练习居合斩与拔刀斩。他站在甘蔗地里，静止不动，任由清风吹过脸颊，一滴泪落了下来，他瞬间抽刀，面前的甘蔗断成两截，接着是一阵砍斩削切，他把甘蔗当成假想中的敌人，那些甘蔗纷纷倒地。

月圆之夜，他抱着刀站在树林里，心中一片悲凉，同时又觉得自己的姿势很帅。

然而，体育生并没有来，中秋节阖家团圆，体育生陪父母看晚会，找不到借口跑出家门。

皮裤哥没有善罢甘休，开学第一节课的时候，他走进教室，当着老师的面缓缓地拔出刀来，指着坐在教室后排的那名体育生。师生大为惊骇，皮裤哥向体育生走过去，体育生吓得脸色煞白，踩着课桌想要跑出教室，却摔了下来，皮裤哥稍一犹豫，在体育生后背砍了一刀。

皮裤哥说了一句让在场人多年后记忆犹新的话："我拔刀，就得见血。"

体育生爬起来就跑，嘴里喊着："救命啊，别杀我，我改了。"

那时，皮裤哥并没有杀人之心，他看着体育生的背影冷笑了几下。

这件事使皮裤哥一战成名，高中辍学后和一群小痞子混在一起，父母已经管不了他了。皮裤哥瞧不起身边的痞子朋友，觉得自己是干大事的人，他明确地告诉几个到学校收保护费的痞子朋友：我要当一名职业杀手！

皮裤哥看了大量的关于杀手的电影,《疾速追杀》《杀手代号 47》《借刀杀人》《老无所依》《这个杀手不太冷》等等,他还做了一些笔记,例如:

永远,永远不要谈恋爱,这是杀手的大忌。

尽量少说话,说话要简洁,不要啰唆。

不杀未成年人,不贪酬金,讲究信誉。

任何情况下,绝不透露委托人的身份。

皮裤哥在网上发现了不少想当杀手的人,他和那些人进行交流,收获颇多,他还在网上拜了一个师傅。师傅叫李元祖,不知道这是网名还是真名。师傅组建了个杀手 QQ 群,在群里免费传授经验。每个杀手都隐藏身份,师傅却在 QQ 群里公开了自己的身份证照片,他觉得此人与众不同。后来,师傅告诉他,杀手要有多个身份,李元祖只是他的身份之一。

师傅在群里说:"你一个人能在雪地里埋伏几个小时吗?你能在野外独立生存一个月吗?你能设计十种杀人不留痕迹的方案吗?你不能的话,就别当杀手,搬砖去吧。"

很多人知难而退,只有皮裤哥一个人坚持到最后,完成了师傅的训练。

他练习跑酷,爬树上墙、攀缘大桥,自学无限制功夫,手持木棒像疯狗似的边叫边快速击打几棵树,插眼、踢裆、锁喉等恶毒招式也做过专门训练。他还在一个黑暗的房间里把图钉扔到地板上,只凭听力辨别图钉的位置。

几个月后,师傅交给了他一个刺杀任务。

师傅说:"成功后,酬金咱俩对半分。"

皮裤哥说:"师傅,我不要酬金,这算是我出师的考试吧!"

皮裤哥隐身在路边的灌木丛里,手里拿着一把弓弩,目标走出饭店,他就射了一箭,正中腹部,箭尖已经淬毒,目标却没有死,送医后被抢救了过来。后来得知,刺杀的目标是一个贩毒团伙的老大。这次行动失败了,师傅人间蒸发,不仅警方立了案,被刺杀的那名毒枭也潜伏了起来。黑白两道都在找他,他担心被追杀,索性离家出走,逃到了南方。

皮裤哥也成了"三和大神",他买了个身份证,办理了银行卡和手机号,更换了身份。每天郁郁寡欢,总觉得自己怀才不遇,他的 ID 签名是:天将降大任于是人也,必先苦其心志,劳其筋骨,饿其体肤,空乏其身……

他在杀手贴吧发了很多帖子,寻求任务,有一天,一个女孩加了他的微信。

女孩就是八又雯,自称因经济纠纷与人发生矛盾,希望皮裤哥帮她绑架那人。

八又雯说:"你说说,你评评理,我借了那人的钱,后来连本带利都还了,他还在网上发了我的裸照,网上全是我的裸照啊,多少人对着我的裸照撸啊撸,我都没脸见人了,我必须得让那人付出代价,起码把钱退给我。你能把那人绑起来,交给我吗?"

皮裤哥说:"五万,酬金五万,我帮你。"

八又雯说:"其实吧,那人不仅仅是放高利贷的,他还是我的男朋友,我希望能和他和好。"

皮裤哥说:"我不管目标是谁,我知道得越少,对双方越有利。"

八又雯说:"我男朋友有保镖的啊,你最好再找两个人,我会告诉你时间和地点的，你们别打他，只要把人带给我就行，我要活人，不要伤害他，我会心疼的。"

皮裤哥说："你现在是我的委托人了，我等你的指令。"

皮裤哥和八又雯讨论了一下作案细节，八又雯提到目标所住的酒店房间有个阳台，皮裤哥制定了方案，从阳台处潜入房间，控制目标，装进行李箱，再从阳台处运走。整个过程神不知鬼不觉，也充分说明，皮裤哥是一个具有高智商的犯罪分子。

作案后，出于安全考虑，皮裤哥和八又雯互删了微信。

皮裤哥对警方声称，他的落网并不是警察多么高明，而是因为自己想要进监狱。

警方认为这是胡言乱语，并没有特别重视，也许日后会证明这是一个错误。

刘支队和曹支队立即展开行动，在全城范围里调查八又雯当时乘坐的出租车，希望由此掌握八又雯的落脚点，一举破获此案。

女局长把皮裤哥的手机放在苏眉面前，什么也没有说，只是郑重地拍了拍苏眉的肩膀。

苏眉点头说："局长，我明白怎么做，我会全力以赴的！"

女局长说："你需要什么，告诉小周，让他帮你。"

苏眉笑着说："那就帮忙买买咖啡吧，提神的那种，我会连夜工作，喝着咖啡敲敲电脑，明天早晨等我的好消息，我会告诉你那个叫八又雯的女孩在哪里。"

第三十七章 黑暗巢穴

西服是新郎穿的,
　　她可能是想和薛亦晗结婚。

深城市公安局网警支队，所有的电脑都开着，办公区域只有苏眉和周公子两个人。

苏眉坐在转椅上，不停地移动转椅，穿梭于几台电脑之间，时不时地冥思苦想，然后飞快地敲击键盘，停歇时喝一口咖啡，继续工作，这些电脑都是她的武器。

已是深夜，周公子帮不上忙，坐在椅子上昏昏欲睡。

苏眉打了个响指，叫醒周公子，说道："喂，醒醒，告诉你个好消息。"

周公子伸了个懒腰，看了一下手表，说道："都五点了啊。"

苏眉笑吟吟地说："我搞定了。"

周公子精神大振，立刻问道："搞定什么了？"

苏眉说："八又雯的真实姓名、照片、地址、手机号码、银行卡账户，全部搞定了。"

周公子说："天哪，真是难以置信啊，你怎么做到的？"

网络不是法外之地，只要涉及违法犯罪，任何一个网警都可以监控和调阅嫌疑人的微信聊天记录，哪怕删除了好友，数据依然保存。当然，这对苏眉来说只是雕虫小技。她先是破解了皮裤哥手机的开机密码，尽管皮裤哥与八又雯已经互删好友，但在通讯录的验证信息中依然可以看到八又雯的微信号，只需要点击通过验证，就重新加上了八又雯的微信。

八又雯使用的是一款安卓手机，苏眉做了一系列的准备工作。

她用电脑建立了虚拟环境，安装了 Pentest 框架以及安卓 SDK，创建了虚拟设备管理器，启动 Apache，编辑好配置，一切准备就绪。

苏眉写了个木马软件，伪装成微信红包，发给了八又雯。只要八又雯点开红包，她的手机就会自动下载病毒软件，苏眉就可以用电脑远程操控她的手机。然而，八又雯无动于衷，整个晚上都没有动静。苏眉一怒之下，直接侵入微信数据库，从后台获取了八又雯的信息。

微信绑定着手机号码以及银行账号。

手机号码又绑定着微博、美团、支付宝。

苏眉打开八又雯的微博，相册里大部分都是明星薛亦晗的照片，只有几张是她自己的。

周公子凑近去看八又雯的照片，这个女孩长得真是挺丑的，矮、胖、黑，衣服土气还有点脏兮兮的，她的腮帮子肉嘟嘟的，两道眉毛向上倾斜如同张飞，斜眉毛与分叉的八字刘海形成一个奇怪的形状，额头凸起好像趴着一只癞蛤蟆。她的发型就好像一截狗屎插在后脑上。其中一张照片是夏天拍的，她穿着件碎花的短袖上衣，高举两手在头顶比成心形，每个人的视线焦点不在这个姑娘的巨胸不在粗腿不在虎背也不在熊腰上，而是在她那乌黑蓬松、杀人不见血的胳肢窝毛上！

周公子咳嗽了两下，向后坐，不忍再看。

周公子说："这个女孩是挺让人难忘的，我应该把她照片打印出来，放在通缉令上。"

苏眉说:"不用急,没有打印照片的必要,我为什么要黑了她的支付宝?"

周公子说:"我想,你应该是想掌握她的网购记录吧。"

苏眉说:"她在绑架薛亦晗之前,网购了精钢项圈、粗铁链、铜锁,绑架后,买了一身男士西服,还有衬衣和皮鞋。"

周公子说:"项圈和铁链应该是她控制薛亦晗的东西,西服……我猜不出是干吗用的。薛亦晗被绑走的时候,身上只穿了件内裤呢。"

苏眉说:"我觉得,西服是新郎穿的,她可能是想和薛亦晗结婚!"

苏眉从八又雯的支付宝账单中发现了她最近的网购地址。

那地址是小区里的一个地下室,应该就是她囚禁薛亦晗的地方。

苏眉说:"你去准备一下警械,我们现在就可以去抓人。"

周公子说:"给局长一个惊喜。"

苏眉说:"我答应局长,天亮之前找到八又雯的地址,现在直接把人抓来就是了。"

周公子准备了手铐、具有照明功能的警棍,腰里挂着枚催泪弹,还有一把枪。

苏眉说:"抓一个女孩还用带枪啊?我保证她没有同伙。"

周公子说:"这是防暴电击枪,可在瞬间产生高压电脉冲,不会致人死命,只是让人丧失反抗力,无法动弹,束手就擒。"

苏眉说:"要是连个女孩都抓不住,咱俩也别当警察了。"

周公子说:"就咱俩,能行吗?要不要等天亮,再叫一些人。"

苏眉说:"我说过,我会让你亲手抓到罪犯,你要是想把功劳让给刘队和老曹,那就和他们一起去抓人好了,错过了这个立功的机会,你可别后悔。"

周公子说:"我是担心你的安全,小眉,你最好穿上防刺服。"

苏眉说:"笑话,我们特案组什么样的危险没有经历过,什么样的变态凶手没有遇到过?"

周公子说:"那好吧,开警车容易暴露身份,还是开我的车吧。"

苏眉说:"开着兰博基尼抓坏人,我还是第一次,出发!"

苏眉和周公子都穿着便装,驱车来到那个小区。

小区老旧,房龄起码超过十年,绿化带里种着菜,还有搭建的狗窝,车辆乱七八糟地停放着。小区里一片寂静,几盏路灯坏了,苏眉和周公子按照地址找到了那个地下室。地下室是小区里一个独立的仓库,经过一条黑暗的甬道,走到尽头,出现一扇木门,门竟然虚掩着,没有关,有灯光从里面透出来。

周公子和苏眉轻轻地推开门,眼前的一幕有点让人难以理解。

场面很奇怪。薛亦晗应该是受害者,八又雯才是犯罪分子,此时,薛亦晗站在地上,手里举着一个金蟾摆件,八又雯坐在地上,抱着薛亦晗的腿,抬着脸苦苦哀求着什么。仔细倾听,她在用一种奶声奶气的语气说:"爸比,爸比,你和妈咪什么时候带我去动物园呀,求求你了,爸比,我要去看大脑斧、大呢鱼、大飞饟(大灰狼)、大西几(大狮子)、小猴几,求求爸比带我去。"

薛亦晗似乎在犹豫要不要把这个金蟾摆件狠狠砸在八又雯的脑袋上……

周公子厉声喝道:"住手!"

苏眉也喊道："薛亦晗，你冷静点，我们是警察！"

薛亦晗喘着粗气，最终还是用力砸了下去，与此同时，周公子开了一枪，电击子弹射中了薛亦晗。薛亦晗倒地抽搐，八又雯猛地站了起来，就像变了一个人，怒气冲冲地喊道："出去，出去，滚出去，谁让你们进来的。"

八又雯像一只母兽气呼呼地冲了过来，她的头部被砸出了血，鲜红的血液顺着额头流到脸上，面目狰狞，非常吓人。她发了疯似的和周公子厮打在一起，面对周公子的拳脚，她完全不怕疼痛，又抓又挠，周公子竟然一时难以将她制服。

苏眉上前帮忙，八又雯又扑向苏眉，伸手掐住苏眉的脖子。

八又雯嘴巴张着，哈哈地喘气。

周公子将电棍往前一伸，八又雯张口咬住电棍，随即被电得一阵哆嗦，倒在了地上。

第三十八章 恶魔新娘

她有些迫不及待,
　　决定去买一件婚纱。

八又雯，这是一个外号。

又胖又黑，又懒又馋，又蠢又笨，又脏又臭。

这句话是别人对她的评价，例如妈妈总是说她又懒又馋、又蠢又笨，同学对她的印象是又胖又黑、又脏又臭。她不以为耻反以为荣，用一种自嘲的精神欣然接受了这个外号。

那一年冬天，清冷的寒夜，街灯昏黄，下着雪。

八又雯上初一，这个女孩当时不知为何心情低落，她蹲在街边，穿着厚重的黑色羽绒服，戴着毛线帽子，用手指划拉着地上的雪。街角的奶茶店里，轻轻地传来一首歌，歌词简直就是为她而写，一句一句击中了她的心。

那首歌是薛亦晗的成名作，她单曲循环了很长时间，从此，她有了一个偶像。

不可否认，崇拜偶像有着积极正面的意义，粉丝可以汲取明星所带来的正能量，从而让自己奋发图强，努力追求未来的成功。

有一个人，在少年时曾发誓：要么成为夏多布里昂，要么一事无成。这个人后来成了世界著名的文学家，他的名字叫雨果，其成就远远超过了他少年时崇拜的偶像。

还有一个人，崇拜乔丹，以乔丹为榜样和奋斗目标，后来这个人加入了NBA，他的名字叫科比。

如果仅仅因为一个人长得帅，就去疯狂地崇拜和迷恋他，那么这种行为很肤浅，这种粉丝的脑子是残缺的。

八又雯就是这样的一个"脑残粉"，她看着薛亦晗微博上的照片，毫不夸张地说，她大张着嘴，情不自禁地流出了口水。她手机的壁纸换成了薛亦晗的照片，她的卧室床头贴满了薛亦晗的海报。她成为薛亦晗粉丝的时候，薛亦晗正在经历一场绯闻风波，舆论倾向于指责。

八又雯接连发布了几条微博，力挺她的偶像，摘录如下：

不管你是万众瞩目还是千夫所指，你这个人，老子爱定了，比心。

不曾在你巅峰时慕名而来，也不会在你低谷时离你而去。全世界都喜欢你，你是我的星辰大海，你是我的王，你是秦皇汉武一样的男人。饭你一辈子，青丝到白头。

脱粉算我输！脱粉算我输！脱粉算我输！

八又雯和许多粉丝一样，天天刷偶像的微博，转发评论点赞，每天都去薛亦晗的贴吧，后来还当上了小吧主。八又雯收集薛亦晗的照片，收集了好几年，她把他所有的照片打印成一本厚厚的相册，放在枕边，她的微博和微信也全是转发的薛亦晗的照片。

每一年的圣诞、春节、生日，她都许下愿望：圣诞老人、南海观世音菩萨、耶稣显灵，求求你们，让我去看一场他的演唱会吧。

八又雯哀求的时候，是特别虔诚地跪在床上的，还特别郑重地磕了三个头。

从初一到大一，从情窦初开到憧憬婚姻，她给自己制定了一个终生奋斗的目标——嫁给薛亦晗。最初，她根本不敢产生嫁给他的念头，这幸福太巨大了，就像一只蚂蚁遇到一座大山，难以占有。她觉得，心中有这样的念头本身就是一种不尊重。她的偶像是神，是信仰一般的存在，怎么可以和凡人结婚呢！

后来，周杰伦娶了昆凌，她恍然大悟，原来偶像真的可以和粉丝结婚的啊。

她的QQ签名更新为：不想和偶像结婚的粉丝算什么粉丝？

八又雯考上大专，报专业的时候，她在工商管理和会计之间左右徘徊，她想：究竟哪一个好呢？学了工商管理可以在以后给薛亦晗当经纪人，学了会计可以在他的公司里做财务。那样就可以看到他，接近他，即使不发工资都行，因为，这是多么大的荣幸啊。

她开始有意识地搜索一些帖子：教粉丝如何推倒自己的爱豆、嫁给男神不是梦。

她开始在薛亦晗的微博评论里喊老公，以及与其他一些喊老公的"脑残粉"争风吃醋。

大二的时候，居然有个男同学追求她，那个男孩名字的最后一个字叫涛，称呼他为四又涛毫不为过——又穷又丑，又矮又瘦。这个男孩的目的不纯，仅仅是出于无聊，想着随便找个女孩玩玩，八又雯毫不犹豫地拒绝了他。

八又雯说："对不起，谢谢你，我有男朋友了。"

四又涛说:"没听说你有对象啊。"

八又雯说:"薛亦晗就是我的男朋友,我将来是要嫁给他的。"

四又涛说:"薛亦晗是谁啊?"

八又雯说:"一个明星,大明星。"

八又雯错过了人生中唯一一次恋爱的机会。

大学期间,生活费有限,她省吃俭用也要买偶像代言的周边产品。有些东西根本不适合她,例如面膜、帽子、键盘等等。

她没有电脑,买键盘只是为了看一眼快递单上的寄件人姓名,觉得和偶像很亲近。

她戴着帽子,披头散发,跑起来像是女土匪。

她贴上面膜,絮絮叨叨地对室友说:"这可是我家男神的面膜哦。"

室友甲说:"你好歹洗洗澡,一个姑娘家,脏死了,不洗身子,只贴面膜,有什么用?"

大二的时候,八又雯被学校开除了,事情的起因是薛亦晗发布了新专辑,她整日整夜地播放薛亦晗的新歌,室友烦不胜烦,由吵架上升为攻击她的偶像。

五个室友冷言冷语,纷纷指责她的偶像。

室友甲说:"薛亦晗就是一个渣男,还劈腿。"

八又雯说:"你没有了解过你就没资格说!"

室友乙说:"他根本没有音乐才华,新歌那么难听。"

八又雯说:"你凭什么说我家爱豆,你有资格吗?你是想红吧?"

室友丙说:"我从来没觉得他很红,他红也是全靠炒作。你敢说他没炒作过?"

八又雯说:"薛亦晗那么努力你们知道吗?知道吗?我力挺薛亦晗到底!"

室友七嘴八舌,轮番围攻。

八又雯精神崩溃了,跺着脚捂着耳朵说道:"我不听不听。求求你们不要再黑哥哥了,我给你们跪下了。骂我可以,不要骂哥哥。"

八又雯因为维护偶像,失去了理智,她抓伤了五名室友,又和老师对骂,被学校开除。

回家后,八又雯被妈妈锁在房间,渐渐地抑郁起来,房间像是垃圾堆。她的爸爸患有精神病,走失多年,下落不明。

妈妈指着墙上的海报,问道:"你到底喜欢他什么啊?"

八又雯说:"我喜欢他人帅歌美大长腿,不行吗?你知道他有多努力吗?"

妈妈说:"他努力不努力和你有什么关系,你俩这辈子也不会有什么交集啊。"

八又雯说:"行了行了别说了,总之,我非他不嫁。"

妈妈说:"醒醒吧,别做梦了,人要有自知之明,你也不照照镜子。"

八又雯的舅舅在上海的一个物流集散中心做主管,妈妈便把她送到舅舅那里去工作。

工作地点距离机场不远,终于有一天,她在机场见到了薛亦晗。

隔着人潮,薛亦晗出现了,戴着口罩,身边的保镖和工作人员拉起人墙，维持秩序。

八又雯和一群接机粉丝站在一起，她使出了全身的力气，大声喊道："老公，老公——"

身边的女粉丝纷纷向她翻白眼，随即也尖叫起来。

八又雯喊得嗓子嘶哑，激动得泪水模糊了视线，她冲上去索要签名，保镖一下把她推倒在地，恶狠狠地说别挡道。

从那以后，接机送机几乎成了她生活中最重要的事情，她风雨无阻，只为了看一眼偶像。

后来，八又雯拥有了薛亦晗的签名照片，当上了薛亦晗贴吧的小吧主，还是多个粉丝后援群的管理员。她比任何人都了解薛亦晗的动向，她从"脑残粉"升级成了"私生饭"，机场跟拍、酒店蹲守，不断地想要介入偶像的生活。

在八又雯眼里，偶像排在第一，流浪猫排在第二，妈妈排在最后，她恨她的妈妈。

她二十二岁那年，妈妈骑电动车掉进河里不幸淹死了，听到妈妈意外死亡的消息，她只是难过了一小会儿，哭了那么一小会儿，随后破涕为笑。她想：这下子没人反对我和薛亦晗结婚了。

她有些迫不及待，决定去买一件婚纱。

第三十九章 黑白婚纱

八又雯神神秘秘地在周公子耳边说了六个字，
周公子感到难以置信，
一脸的愕然……

女人为了感情可以干出惊天动地的蠢事。

有一天，某个婚纱影楼里来了个胖女孩。

胖女孩穿着松松垮垮的男装 T 恤，T 恤前面的下摆塞到牛仔裤里面，脚上是一双旧运动鞋。她可能是跑着来的，脸上全是汗。

女店员热情地上前服务，用纸杯倒了热水。

胖女孩坐在接待的沙发上，一口气喝完水，把纸杯往茶几上一放，说道："看着点我的车，就是窗外那辆酒红色的宝马。"

女店员往窗外瞅了一眼，停车位上果然有一辆酒红色的宝马。

女店员拿来店里的广告画册，心想，这客户看着其貌不扬，没想到挺有钱的啊。

胖女孩翻着画册，指着上面的婚纱说："这件好看，我要了……还有这件拖地的，我也要……旗袍可以在敬酒的时候穿……还有伴娘服装，起码得准备六件呢。"

女店员说："您是要买，还是租呢？"

胖女孩说："哎呀，哎呀，结婚这种人生大事，怎么可能穿别人穿过的婚纱，当然是买。"

女店员说："您相中哪一件婚纱，可以试试，试衣间在这边，请跟我来。"

这个婚纱影楼，化妆、盘头、摄影都是收费的，但是试衣是免费的。

胖女孩走进试衣间，女店员想进去帮忙，胖女孩有点生气，说道："非礼勿视。"

胖女孩换衣的时候，女店员把店长叫来了，小声说这是个大客户，想买九件婚纱。

女店长抽动了一下鼻子，说道："奇怪，怎么这么臭，是不是你漏气了？"

女店员说："不是啊，我没放屁啊。"

两人寻找臭味的来源，透过试衣间下面的缝隙，看到那胖女孩居然穿着一只黑色袜子、一只白色袜子，两只袜子都很脏，已经板结，露着脚指头，臭味就是从试衣间飘出来的。

女店长和女店员皱着眉，互相冲对方吐了下舌头，表示嫌恶。

胖女孩穿好婚纱，模特似的走了几个来回，对着落地镜子左看右看，欣赏自己的美。很显然，这件婚纱并不适合她，洁白的婚纱显得她更黑了，裙摆很长，让她看起来就像一个调皮的胖乎乎的女孩披着自己家的蚊帐，看着滑稽可笑。

女店员违心地称赞，胖女孩说："这件我要了，我再试试那件缎面的。"

胖女孩一连试了好几件婚纱，又挑选了六件伴娘服，抱怨伴娘服难看，质量差。

女店员说："伴娘服也可以定做，要不你打电话给伴娘，问一下伴娘的身材数据。"

胖女孩说："还用打电话啊，电脑有吗，我一搜就知道了。"

女店员感觉有点奇怪，表示可以借用电脑，看着那胖女孩在百度上敲下了范冰冰的名字。

女店员瞪大眼睛问道："范冰冰做你的伴娘啊？"

胖女孩说："这有什么大惊小怪的，除了范冰冰，还有李冰冰呢，你知道我老公是谁吗？"

女店员都傻了，摇头说不知道。

胖女孩说："薛亦晗，对，就是那个大明星，薛亦晗是我老公。"

女店员大为惊骇，女店长也觉得难以置信，两人都感到非常震惊。

胖女孩说："你要不信，你也可以来当我的伴娘，红包你看着给就行。"

女店员这时候已经觉得胖女孩精神不太正常，淡淡地说道："算了，你还是找范冰冰吧。"

胖女孩突然提出了一个无理的要求，她说："你们影楼的摄影师会PS吗？我老公很忙的，今天肯定拍不了婚纱照，不过，可以PS一下嘛，我穿着婚纱，和我老公的照片P在一起，他照片你们都见过吧。"

女店长说："对不起，我们店里拍的婚纱照不能这么弄虚作假。"

女店员看了一下窗外，喊道："喂，你快看看，你的酒红色宝马不见了。"

胖女孩淡然自若地说："哎呀，丢就丢了，我老公再给我买一辆。"

女店长和女店员用怯弱的眼神交流了一下，心想，这人肯定脑子有问题。如果当场揭穿她，她恼羞成怒，也许会做出什么极端的事情。真打起来，她那么强壮，两人都不一定是她的对手，疯子杀人还不用负刑事责任。女店长和女店员强作镇定，心里已经想要报警了。

胖女孩把一个皇冠戴在头上，对着镜子展示自己，突然回头，咧嘴一笑说："我美吗？"

女店长和女店员脊背发凉，只觉得毛骨悚然，但还是强挤出一丝笑容。

这个胖女孩就是八又雯，最终，她买了一件廉价的婚纱，女店员因为紧张，还找错了钱。

八又雯拿着自拍杆，穿着婚纱，频繁地与薛亦晗的海报合影，还发布在微博上，她自称是薛亦晗指腹为婚的未婚妻。苏眉最初在查找薛亦晗"脑残粉"的时候曾见过这个女孩的婚纱照，可惜没有对她深入地展开调查，以至于后来绕了很大的弯路才破获了此案。

薛亦晗的全国巡回演唱会即将举办，要持续两个多月，巡演十几个城市。

八又雯听到这个消息的时候，兴奋地握拳喊道："我要去，我要去，每一场我都要去！"

演唱会门票价格并不便宜，再加上衣食住行，如果要去看十几场演唱会，会是一笔不小的开销。八又雯并没有钱，索性找房屋中介卖掉了自家房子。

偶像就是她的信仰，是她的全部，如果没有了信仰，精神生活会留下巨大的空洞。

八又雯去看薛亦晗的演唱会，每一场都不落下，辗转北上广，最后一站是深城。

至于她是何时萌发了绑架薛亦晗的念头，我们不得而知。某一次演唱会，她不小心弄丢了门票，只能坐在体育馆外面的台阶上，淋着雨，远远地倾听演唱会现场传来的歌声。可能从那时候开始，她想着，如果薛亦晗能给她一个人唱歌该多好啊。

她的行李箱装着婚纱，她的脑海里幻想着和偶像恋爱、结婚、生子、白头，日日夜夜在幻想中已经和他过完了这一生。

深城演唱会之前，她就在网上联系了皮裤哥，就连她自己都没想到，绑架会如此顺利。

她提前租了个地下室，用钥匙打开门的时候，她喃喃自语："哥哥，这里是我们的家。"

八又雯打开行李箱，薛亦晗蜷缩在里面，缓缓地睁开眼，看到了穿着婚纱的她。

可以想象，一个疯狂的粉丝把自己迷恋多年的偶像囚禁在地下室会发生什么。为了防止薛亦晗逃跑，她特意买了个精钢项圈，戴在薛亦晗脖子上，用一根铁链锁住项圈，铁链的另一头锁在地下室的水管上面，薛亦晗只能在狭小的空间里活动。她又买了西服，给薛亦晗穿上，举着自拍杆合影的时候，这莫大的幸福冲昏了她的头脑，她不停地说着："天哪，天哪……"

八又雯的婚纱脏兮兮的，裙摆处常常拖地，已经发黑了。

薛亦晗穿着衬衣，打上领结，再换上西装，完全看不出脖子里有个项圈。

八又雯想得很简单，一旦在网上公布了婚纱照，也就成了事实，生米煮成熟饭。媒体啊，粉丝啊都会祝贺他们。从这点来看，她的精神已经出现了问题。

那个杂乱的地下室是八又雯的天堂，也是薛亦晗的地狱。

地下室什么都有，有旧家具，有个双人床，有煤气灶和油盐酱醋，还有台老式的电视机。

电视柜上放着一尊金蟾摆件，金蟾含着一枚钱币，电视机里正在演一部古装剧——虎门销烟的故事，林则徐说道：苟利国家生死以……

周公子和苏眉冲进地下室的时候，虎门销烟的电视剧还没结束。

八又雯的脑子里也在演绎着她自己的爱情剧，她和薛亦晗结婚了，生了孩子，是个女孩，她扮成那个小女孩，抱着薛亦晗的大腿央求着说："爸比，爸比，你带我去动物园呀，爸比，我要去看大脑斧、大西几、大呢鱼、小猴几。"

薛亦晗怒骂道："滚开，你这神经病。"

八又雯说道："爸比，你和妈咪一起带我去，好不好？"

薛亦晗忍无可忍，被囚禁的这些天他简直就要疯了，他举起那个金蟾摆件，向八又雯的脑袋狠狠地砸了下去。

这起离奇的绑架案尘埃落定，苏眉和周公子对八又雯进行了审讯。

审讯室外面下着雨，淋湿了门前的一株木棉花。八又雯坐在铁椅子上，戴着手铐，她的大脑袋包扎着纱布，眼睛痴呆呆地盯着某个角落，她一下一下点着头，给自己打着节奏，嘴里轻轻哼着薛亦晗的一首歌。

苏眉和周公子询问八又雯，她将薛亦晗绑架到地下室后，两人共处一室，究竟发生了什么，要她详细交代那些细节。

八又雯指了指自己的脑袋，说："都在这里面，我和他的共同回忆。就算进监狱也没什么呀，我在哪儿不能回忆啊，我可以回忆一生，够用了。"

八又雯又说："不过，我是不会进监狱的。"

苏眉说："你的行为已经触犯了《刑法》。"

周公子说："起码会判个三年以上。"

八又雯皱着眉头说："真的不会的啦。"

苏眉说："法律会对你网开一面？你为什么这么有自信？"

八又雯小声说："你们会放我走的，我会被无罪释放，等着瞧好了。"

周公子说："你为什么会这么说呢？"

八又雯说："你过来，我悄悄告诉你。"

苏眉想要过去，又担心八又雯张口咬她，正色说道："请你回答问题。"

八又雯嘻嘻地笑了，说："不听算咯。"

周公子走过去，俯下身说："我听，你告诉我吧。"

八又雯神神秘秘地在周公子耳边说了六个字，周公子感到难以置信，一脸的愕然……

第四十章 片尾彩蛋

画龙、包斩、苏眉三人在接待室里等候消息,不知道梁教授会选择哪一个。

特案组接待室外面的走廊里，包斩和苏眉并肩而行，谈论着各自侦破的案子。

画龙从后面冲过来，猛地搂住两人的肩膀，大笑着说："一段时间没见，我还真挺想你们。"

苏眉说："你起开，你还是那么烦人。"

画龙说："你，有没有想我？"

包斩说："画龙大哥，你又喝酒了啊。"

画龙说："我那俩徒弟，我让他们喝点酒壮壮胆，你们推荐的特案组新成员都到了吧？"

接待室里，法医小若黎、瘦强和胖虎、周公子正在等待梁教授的接见。

苏眉介绍了周公子，周公子主动地和包斩、画龙握手，随后拿出自己带来的礼物。周公子送给包斩一块腕表，送给画龙一个 Zippo 打火机，给梁教授准备了两本线装书——一本菜谱、一本围棋古谱。

包斩说："初次见面，我怎么好意思收你礼物，这个不能要。"

周公子说："包斩兄，我对你可是久仰大名，礼物也不是白送的，以后我有很多地方都得向你请教，免不了麻烦你。"

画龙说："这个打火机看上去有点旧了，难道是文物啊？"

周公子说："画龙兄是不是喜欢史泰龙，这是史泰龙使用过的打火机。"

画龙说:"谢了,你小子挺会来事啊,这打火机值不少钱吧?"

周公子说:"礼物,都不是我花钱买来的,而是家父收藏的。"

包斩说:"你怎么知道梁教授喜欢美食,还有围棋。"

周公子说:"我做过一些调查,梁教授之所以回国,没有选择定居海外,有一个很重要的原因就是特别喜欢中华美食,说白了,就是特别馋。梁教授曾经在上海排队半个小时只为了品尝一下生煎包,在哈尔滨为了吃到当地著名的得莫利炖鱼提前一星期电话预约,还推掉了一场重要演讲。梁教授曾经对四川的一个大厨说过,自己最大的爱好是美食,其次是围棋。"

包斩说:"你联系上了那位大厨?"

周公子说:"对,这次为了入选特案组,我做足了功课,有备而来。"

瘦强和胖虎靠墙立正站着,两人也都喝了酒,时不时地打个嗝。

苏眉问画龙:"这两人是你收的徒弟吧,在这儿站岗呢?"

画龙说:"你俩站好了,一会儿给梁教授留个好印象,这个是你包斩师叔,这个是你师娘。"

瘦强对苏眉喊道:"师娘好!"

苏眉说:"呸,别听画龙胡说八道。"

包斩说:"听说,他俩是一对双胞胎,怎么一点都不像呢?"

胖虎说:"我俩是双胞胎,我俩情同骨肉,师傅不让我乱说话,怕我信口雌黄,贻笑大方。"

苏眉扑哧笑了,说道:"真是一对活宝。"

小若黎有些紧张，坐在桌前局促不安，背着的双肩包也忘记放下来，包上还有卡通美少女图案，背包侧兜里放着一盒酸奶，她扎着双马尾，穿着百褶裙，一副娇小的萝莉形象。

包斩说："这是我推荐的特案组新成员——尤若黎，一名法医。"

小若黎站起来对苏眉说："姐姐好。"

小若黎又对画龙说："叔叔好。"

画龙皱眉笑了，问包斩："这孩子你从哪儿拐骗来的啊？"

小若黎说："不是拐骗，是我自愿来的，我妈妈知道。"

画龙说："孩子，你高中毕业了吗？我们这里不招童工。"

小若黎瞪大眼睛说："我是成年人，不是小孩子，就是长得蛮小只的。"

苏眉说："真看不出你这小女孩是一个法医，你抱得动尸体吗？"

小若黎说："姐姐，我抱不动，我没有那么大的力气。"

画龙用手托了一下小若黎的双肩包，笑呵呵问道："小丫头，这里面装的是作业吗？"

小若黎扭动身体，说道："喂，大叔，你个子这么高还这么没礼貌，不要碰我包。"

画龙说："你喊我大叔，喊小眉姐姐，我有这么老吗？我脾气可不好，你别惹我。"

小若黎说："我没有惹你啊，你脾气不好还能打人啊，这里可是公安部。"

画龙吓唬小若黎："你再喊我大叔试试，我打过县长，打过公安局局长，没有我不敢打的人。"

包斩劝道："好了好了，小若黎，你准备一下，该面试了。"

一名工作人员敲了敲门，随后将周公子、瘦强和胖虎、小若黎带去面试。

画龙、包斩、苏眉三人在接待室里等候消息，不知道梁教授会选择哪一个。